世界少年
文学名著文库

世界少年文学名著文库

小王子 灰姑娘

插 图 本

[法] 圣埃克苏佩里 夏尔·贝洛／著　林秀清 金龙格／译

中国书店

图书在版编目(CIP)数据

小王子；灰姑娘/[法] 圣埃克苏佩里，夏尔·贝洛著；林秀清，金龙格译.
－北京：中国书店，2006.12
（世界少年文学名著文库.第1辑）
ISBN 7-80568-822-2

Ⅰ.①小…②灰… Ⅱ.①圣…②夏…③林…④金… Ⅲ.①童话－法国－现代
②童话－法国－近代 Ⅳ.I565.88

中国版本图书馆 CIP 数据核字 （2006） 第 139298 号

世界少年文学名著文库（第1辑）小王子 灰姑娘

作　　者：[法]圣埃克苏佩里　夏尔·贝洛
译　　者：林秀清　金龙格
责任编辑：钱律进
装帧设计：施凌云
执行编委：（按姓氏笔画排序）

　　王小彬　冉华蓉　连微微　张荣华　陈婧岩　欧阳秀丽　龚雪莲

出版发行：中　国　书　店
地　　址：北京市宣武区琉璃厂东街 115 号
邮　　编：100050
经　　销：全国新华书店
印　　刷：北京中印联印务有限公司
开　　本：880mm×1250mm　1/32
印　　张：62
插　　图：343 幅
字　　数：1499 千
版　　次：2007 年 2 月第 1 版
印　　次：2007 年 2 月第 1 次
书　　号：ISBN 7-80568-822-2/I·220
定　　价：107.00 元
版权所有　违者必究

序(一)

　　法国现代著名作家和飞行员安托尼·圣埃克苏佩里（An-toinede Saint–Exupéry）创作的《小王子》，不仅在法国家喻户晓，而且是全世界各国儿童和成年人都喜爱的读物。这部貌似童话的故事书，实际上是写给大人看的，作者在献词上已有说明，但它也是一部极有意义的儿童读物。它通过一个纯真的小孩明亮的眼睛，展现生活在地球上的各种各样荒唐可笑的生相，使我们更好地认识自己和生活在我们周围的人。作者还亲自画了近 40 幅水彩画，加以奇怪而细致的描绘，成了《小王子》的重要组成部分。

　　圣埃克苏佩里 1900 年出生于法国里昂的一个破落贵族的家庭，自幼喜欢飞机。1921—1923 年曾在法国空军服役，多次因飞机事故受伤，复员后转为民用飞机驾驶员，曾参加开辟法国—非洲—南美洲的国际航线。他一面驾驶飞机，一面进行文学写作。1937 年他以记者身份参加西班牙内战，支援西班牙人民反抗法西斯军队。1939 年德军入侵法国时，经他坚决要求，得以编入空军侦察大队飞行。1940 年法国战败，该部队被调往阿尔及利亚，不久复员，他只身流亡美国，在那里继续从事写作。1943 年他回到北非的法国抗战基地阿尔及尔。1944 年 3 月，几经要求，他进入当时迁至意大利撒丁岛的法国飞行大队中任飞行员。当时主管部门考虑到他的年龄和身体条件，仅同意他执行 5 次飞行侦察任务，但他却主动要求增加到 8 次。1944 年 7 月 31 日早上，他执行第 8 次飞行任务，目的是侦察在敌占区中的故乡里昂。在地中海晴朗的上空，他的飞机忽然失踪了。尽管直到现在，还有人希望能找到遗骸，但至今毫无结果。有的《小王子》读者幻想：他也许降落到另一个星球，寻找他那念念不忘的小王子去了。

　　1948 年我在巴黎大学读书时，初次看到这部故事。当时我只觉得写得很美，对其中深刻的寓意却没有完全理解。"文化大革命"后，我作为客座教授再赴巴黎时，一位法国老同学送我一盒《小王子》的录音带，它是由当时著名影星热拉尔·菲立浦朗读的片段。我在塞纳河畔一个满天星斗的夏夜，倾听了这传神的录音，突然好像也看见那颗小王子居住的含笑的星星。随着年事的增长，我似乎越来越会欣赏这部书里蕴涵的丰富的智慧和纯真的人情。多年来，每次重读这本书，对它的诗意和哲理、幽默和抒情，总有新的感受，像读那些不朽的名著似的。我把这本书译出来，希望读者也能从中获得无穷的乐趣和启迪。

林秀清

序（二）

　　在世界各国的童话中，法国作家夏尔·贝洛的童话是最丰富、最美丽和影响最深远的童话之一。夏尔·贝洛1628年生于巴黎，1703年在巴黎逝世。他出身于一个资产阶级家庭，其父是巴黎最高法院的律师。夏尔·贝洛在学习期间也攻读法律，1651年担任律师，曾在法兰西财税总局任职，先后被任命为皇家建筑总监和公共纪念碑铭文起草委员会委员，1671年入选法兰西学院，晚年过着隐居的生活。1697年，夏尔·贝洛快70岁的时候，以他10岁的小儿子皮埃尔·达芝古的名义，在巴黎出版了脍炙人口的童话集《鹅妈妈的故事或寓有道德教训的往日故事》，其中收入了《林中睡美人》、《小红帽》、《蓝胡子》、《穿靴子的猫》、《仙女》、《灰姑娘》、《小拇指》、《驴皮》共8篇童话和3篇童话诗。作者运用朴素的文笔、奇特的想象，不仅塑造了一批勇敢、善良、淳朴、勤劳的正面形象，也描绘了一批狡诈、凶残的反面形象。这些童话歌颂勇敢、无私、纯洁、善良与光明，鞭挞暴虐、邪恶、自私、虚伪与黑暗，虽然没有跌宕起伏、扣人心弦的故事情节，没有波澜壮阔的气势与场面，却用诗一般的语言为我们构筑了一个个纯美圣洁、脱离平庸尘世的新世界，创造出许许多多令人心醉神迷的意境。这些童话几百年来在全世界广为流传，优美动人的故事打动了一代又一代小读者们的心，启示着他们如何生活、如何做人、如何看待生存，也启示着他们如何认识眼前纷繁复杂的大千世界，使他们长大成人后有一种健康向上的精神和高雅的品格。贝洛的童话为他赢得了世界声誉。欧洲其他国家的童话作品，有不少是从贝洛的童话中脱胎出来的。

《小王子》的译者林秀清教授是我的恩师，她翻译过大量的法国文学名著，对我走上文学翻译道路曾给予无微不至的关怀与帮助。1995 年，快而立之年的我与快 80 高龄的林老师同时荣获法国文化部颁发的文学翻译奖励金，我们一起在巴黎度过了难忘的几个月时光，林老师的教诲令我终身受用不尽。如今，她译的《小王子》与我译的其他童话作品结集出版，这也算是我们师生之情的最好的纪念吧。

金龙格
1996 年中秋于桂林

目　录

小 王 子

献给莱翁·维尔特

请孩子们原谅我把这本书献给一个大人。我有一个正当的理由：这个大人是我世上最好的朋友。我还有另一个理由：这个大人什么都理解，甚至是给孩子们写的书，他也理解。我还有第三个理由：这个大人现在居住在法国，他在那里挨饿受冻，很需要有人安慰。要是这些理由还不够，我愿意把这本书献给这位大人童年时曾经当过的孩子。每个大人都曾经是孩子（可惜的是，很少大人记得这一点）。因此，我把献词改为：**献给还是小男孩时的莱翁·维尔特**。

圣埃克苏佩里

一

　　我六岁时，在一本描写原始森林的名叫《亲身经历的故事》的书中，看到了一幅精彩的插图，上面画的是一条蟒蛇在吞食一只巨兽。下面的插图就是那幅画的摹本。

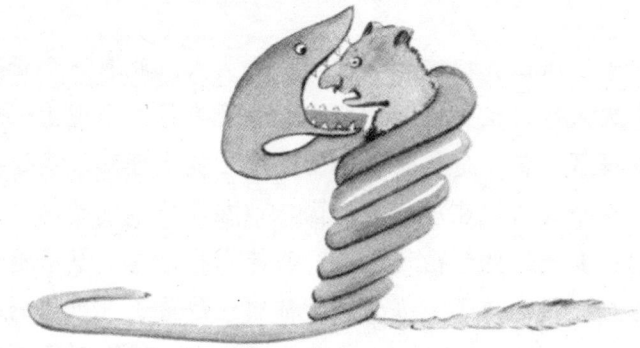

　　书上这样写道："这些蟒蛇捕到猎物后，不加咀嚼，囫囵吞下，过后就不能再动弹了；它们就得睡上六个月，好让这些食物漫漫消化。"

　　当时，我对丛林中的奇遇，想得很多，于是，我用彩色铅笔勾画出了我的第一幅图画，我的第一号作品。它是这样的：

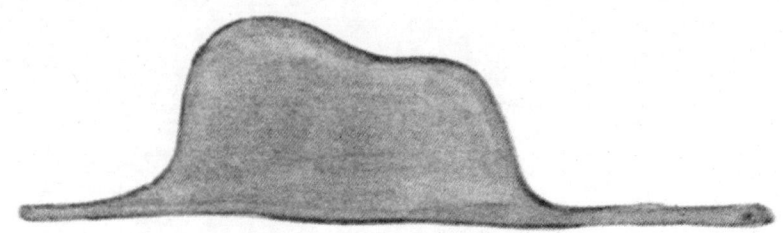

我把自己的这幅杰作拿给大人们看，还问他们：我的画是不是叫他们害怕。

他们回答说："有什么可怕的？谁会怕一顶帽子？"

我画的可不是一顶帽子，而是一条巨蟒在消化一头大象。为了让大人们看懂，我把蟒蛇肚子里的情形画了出来。大人们对任何事情，总需要人给解释得一清二楚。我的第二幅图画是这样的：

大人们劝我把这些图画放到一边，不管画的是肚皮开着的或闭上的蟒蛇，都没有好处，还是把兴趣放在地理、历史、算术、语法上为好。就这样，从六岁开始，我就放弃了当画家这一美好职业的企图。我的第一号和第二号作品均遭失败，这使我泄了气。大人们自己什么也弄不懂，还得老是不断给他们去解释，这真叫孩子们厌烦！

后来，我选择了另一种职业，学习驾驶飞机。世界各地，我差不多都飞到过。的确，地理帮了我很大的忙。我一眼就能分辨出中国和亚里桑那①。要是夜里迷失了航向，这一类知识就很有用。

在我的一生中，我跟许多正经的人有过不少的接触。我在大人们中间生活过很长时间。我仔细观察过他们，我对他们的看法，始终没多大改变。

当我遇到一个样子稍为明理的大人时，我就拿出我那第一号作品来试试他。这幅画是我一直保存在身旁的。我想知道，他是不是一个真正有理解力的人。可是，我得到的回答总是："这是

①　亚里桑那：美国西南部的一个州。

3

一顶帽子。"我只好迁就他们，和他们谈谈桥牌呀，高尔夫球呀，政治活动呀或是领带之类的话题。于是，大人们就觉得非常高兴，因为能认识我这样一个通情达理的人。

二

我的生活相当孤独寂寞，没有找到一个真正谈得来的人，一直到六年前，在撒哈拉沙漠上，飞机发生了故障，飞机的引擎有什么东西出了毛病。当时，我旁边没有机械师，也没有乘客，只好单独一人担当起这项艰难的维修工作。这对我来说，是个生死攸关的问题，因为我备用的水，仅够维持一个星期。

第一天晚上，我就睡在远离人烟千里之外的大沙漠上，比那在大海中伏在木筏上漂流的遇难者还要孤单得多。黎明时分，当一个奇怪的弱小的声音叫醒我时，你可以想象我当时是多么惊奇。这声音说：

"请您……给我画一只羊！"

"什么？"

"给我画一只羊！"

我一下子跳了起来，好像是受到雷击一般。我使劲地揉了揉眼睛，仔细地看了看。我看见一个异常奇怪的小人儿，正一本正经地凝视着我。下面是我后来给他画出来的最好的一幅画像。说实在的，我画的要比他本人的模样逊色得多。这可不是我的过错。我从六岁时起，大人们就使我失去当画家的勇气，除了画过那肚皮开着和闭着的蟒蛇以外，再也没有学过绘画。

我惊愕地睁大眼睛看着这突然出现的小人儿。别忘记了，我

4

当时是处在远离人烟千里之外的地方，而这个小家伙，在我看来，既不像迷了路，也没有半点疲乏、饥渴、惧怕的样子。他丝毫不像是一个迷失在荒无人烟的沙漠中的小孩子。当我终于能说出话来时，我对他说：

"你到底在这儿干什么呢？"

他好像当做是做一件大事似的，慢慢地对我重复说：

"请您……给我画一只羊……"

当一个人被一种不可思议的情况所震慑时，是不敢不俯首听命的。在这人烟绝迹的沙漠上，面临生死关头时，我居然掏出一张纸和一支钢笔，尽管这种举动使我自己感到荒唐。这时我又记起，我只学过地理、历史、算术和语法，就有点没好气地对小家伙说："我不会作画。"他回答说：

"那没关系，给我画一只羊吧！"

由于我从来没画过羊，仅会绘两张画，我就把其中一张，就是那张肚皮封闭着的蟒蛇，重新画了给他。

"不，不！我不要蟒蛇，它还吞着一头大象在肚子里。"我听了他的话，简直傻了眼。他接着说："蟒蛇这动物太危险，一头大象又太占地方。我住的地方非常小，我要的是一只羊。给我画一只羊吧！"

我给他画了。

他仔细一看，随后又说：

"我不要，这只羊已经病得很重。给我另画一只吧！"

我又画了一张。

这时，我的这位小朋友露出善意的微笑，宽容地说："你看看……这哪里是一只小羊，这是一只公羊，头上有角……"

我又重新画一张。

和前面的几幅一样，这一张又被否定了。

"这一只太老了，我想

要一只能活得长久的羊。"

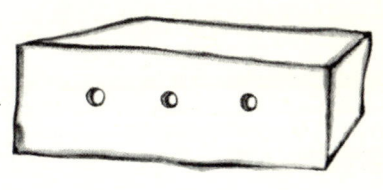

这一下子，我不耐烦了，因为我急于检修飞机的引擎。于是，草草画了右边这张画，然后大声嚷道：

"这是一只箱子，你要的羊就在里面。"

我的这位鉴赏家居然喜笑颜开，这使我十分惊讶。他说：

"这正是我想要的。你认为，这只羊需要吃很多的草吗？"

"问这个干什么呢？"

"因为我住的地方非常小……"

"我给你画的羊很小，肯定够喂养它的。"

他低下头看这张画。

"不那么小吧……瞧，它睡着啦……"

就这样，我认识了小王子。

三

我费了好长的时间，才弄清他是从哪里来的。小王子向我提出了很多问题，但对我的问题，他好像没听见似的。我是从他无意中吐露出来的一些话里，逐渐搞清他的来历的。例如，当他第一次看见我的飞机（这飞机我就不画了，对我来说，这种图画太复杂），他就问我：

"这是什么玩意儿？"

"这不是玩意儿，它能飞，这是飞机，是我的飞机。"

当时，我很得意地告诉他我能飞。他听了惊奇地说：

"怎么？你是从天上掉下来的？"

"是的。"我谦逊地回答。

"噢！真有趣！……"

这时，小王子发出一阵清脆的笑声。我听了却很不高兴。对我遭遇的不幸，我希望人家重视一些。后来，他又说：

"那么，你也是从天上来的！你是哪个星球上的？"

立刻，对他是从哪里来的这个谜，我隐约看到一点线索。于是我赶紧追问：

"你是从另一个星球上来的吗？"

他不回答。他一边看着我的飞机，一边微微点头，接着说道：

"说真的，乘坐这玩意儿，你不可能是从很远的地方来……"

他长久陷入沉思之中。然后，他从口袋里拿出我画的小羊，看着他的宝贝入了神。

你们可以想象，这种关于"别的一些星球"的吞吞吐吐的话，引起我多大的好奇心。因此我竭力追究其中更多的奥秘。

"你是从哪里来的，我的小家伙？你的家在什么地方？你要把我的羊带到什么地方去？"

他沉思了一会儿，然后回答说：

"好在有你给我的那个箱子，晚上可以用它给小羊当房子。"

"那当然，你要是乖乖的话，我还给你一根绳子，白天把羊拴住。我再给你一根拴它的木桩。"

我的这个建议，似乎使小王子产生了反感。

"拴住它？多么古怪的想法呀！"

"你要是不把它拴住，它可能到处跑，它会丢失的。"

我的这位朋友又发出一阵笑声：

"你想，它可能跑到哪儿去呀？"

"哪儿都行。它一直往前跑……"

这时候，小王子郑重其事地说：
"那没什么关系，我住的地方很小很小。"
接着，他似乎有点抑郁地补充了一句：
"一直朝前跑，也跑不了多远……"

四

这么一来，我又知道另一件重要的事实：这位小王子所住的那个星球，实际上比一座房子大不了多少。

这倒没有使我感到怎样奇怪。我知道，除地球、木星、火星、金星这些有名称的大星球以外，还有好几百别的星球，它们有的小得很，就是用望远镜也很难看到。当一个天文学家发现这类小行星时，他就给编上一个号码来称呼它，例如，把它称作"B325 小行星"。

我有充分的根据认为，小王子来自的星球是 B612 小行星。这颗小行星在 1909 年被一位土耳其天文学家所发现，他曾从望远镜里看见过一次。

当时，他在一次国际天文学会议上披露他的发现，并且提出重要的论证。可是那个时候，由于他身上穿的是土耳其服装，所以没有人相信他。大人们就是这个样。

幸好，为了争取发现 B612 小行星的荣誉，土耳其有一位独裁者颁布了一道法令：凡是土耳其人民，一律得改穿欧式服装，违者处以死刑。1920年，这位土耳其天文学家穿上一身非常漂亮的西装，重新把他所发现的小行星作了一次论证。这一次，大家就都同意他的看法了。

我之所以这样详细地告诉你们 B612 小行星的来历，并

把它的编号说出，是由于那些大人的缘故。大人喜欢数目字。当你对大人讲起你新结识的一位朋友时，他们从来不提那些根本性的问题。他们从来不问："他说话声音怎样？他喜欢玩哪种游戏？他收不收集蝴蝶标本？"他们反而问："他多大年纪，有多少兄弟？体重多少？他父亲挣多少钱？"他们认为从这些数字才能了解一位朋友。要是你对大人们说："我看见一幢漂亮的房子，用玫瑰红砖头砌的，窗口种着天竺葵，屋顶还有鸽子……"这样一说，他们怎么也想象不出这房子是怎样的。你必须对他们说："我看见一幢值十万法郎的房子。"那么，他们就会惊叫起

来："多么漂亮的房子啊！"

同样，你要是对大人们说："小王子是存在的，证据是，他长得十分可爱，他常常笑，他想有一只羊。有人想要一只羊，这就可以证明这个人的存在。"大人们听了，一定会耸耸肩膀，把你当做小孩子看待。但你若对他们说："小王子是从 B262 小行星上来的。"那他们就坚信不疑，就不会提出一大堆问题来纠缠你。他们就是这个样。不必怪责他们，小孩子对大人应当宽容一些。

的确，对我们这些理解生活的人来说，我们才不在乎那些编号数字哩。我真想像讲神话那样来开始这个故事。我真想这样讲："从前，有一个小王子，住在一个比他的身体大不了多少的小行星上。他需要有一位朋友……"对于理解生活的人来说，我这样讲，就会更具有真实性。

我可不喜欢人们随随便便地看我的书。我写下这件往事，是煞费苦心的。我的朋友带着他的羊离去已有六年了。我之所以在这里尽力把他描写出来，是为了不忘记他。把一位朋友忘记掉，是可鄙的。并不是人人都有一个朋友。再说，我也可能会变成那些大人那样，只对数目字发生兴趣。

就是为了不忘朋友，我买了一盒颜料和几支铅笔。像我这种年纪的人，要再从事绘画，可是不容易的，因为我从六岁以后，除了画过肚皮开着的和闭起的巨蟒以外，别的都没有画过。当然，我一定要把这些画尽量地画得逼真，不过我毫无把握。往往，这一张画得还可以，另一张又画得不像。还有，关于小王子的身材，我画得有点不大准确。有一处把他画得太高，另一处又画得太矮。对于他的衣服的颜色，我也拿不准。就这样，我摸索着画，这一处试试，那一处改改，好歹凑合起来。很可能在某些重要细节上我画得不对，这得请大家原谅。因为我的这位朋友，从来就没有向我解释清楚，可能他认为我同他一样。但是，很遗憾，我却不能透过箱壁看见小羊。我大概已有点像大人，我可能是老了。

五

就这样，从我们每天的谈话中，我渐渐了解关于小王子的星球、他的出走、他的游历等事情。这些都是出于偶然，从一些无意的吐露中慢慢地得知的。就这样，第三天我了解到关于猴面包树的故事。

这次，也是由羊引起的。突然间，小王子疑虑重重地问我：

"羊吃小灌木，这是真的吗？"

"是的，是真的。"

"啊！我真高兴。"

我不明白，羊吃小灌木是什么了不得的事。但小王子接着又说：

"那么，羊也吃猴面包树吗？"

我提醒小王子，猴面包树并不是小灌木，它是像一座教堂那么大的树。哪怕是他带了一群大象去，也啃不了一棵猴面包树。

一群大象的说法，使小王子笑起来：

"那可得把大象一只一只地垒起来，这才容纳得下……"

接着他很有见识地说：

"猴面包树长大之前，也是从很小开始的。"

"这话不错。可是为什么你要羊去吃幼小的猴面包树呢？"

他回答我说："哦！那还用说！"似乎这事不说自明。可是要弄懂这个问题，我却得动一番脑筋。

　　原来，小王子居住的星球上，和所有别的星球上一样，长着有益的和有害的植物，因此，也有好的和坏的种子。可是，种子是看不出来的。它们沉睡在泥土深处，直到其中的一颗，不知怎的，忽然想起要苏醒起来……于是它就伸伸懒腰，开始羞答答地朝着太阳长出一株玲珑可爱的不碍事的小苗。如果是小萝卜或玫瑰的嫩苗，那就让它任意去生长。如果是一株坏苗，一旦辨认出来，就应该马上把它拔去。

　　小王子所住的星球上，有些非常可怕的种子……这就是猴面包树的种子。在这星球的土壤里，这种树的种子简直多得成灾。对一株猴面包树苗，要是你拔得太迟，那就再也无法把它清除。它会盘踞整个星球。它的树根能把星球钻透。如果星球很小，而猴面包树很多，那它就会把整个星球撑破了。

"这是一个生活纪律的问题。"小王子过后向我说，"当你早上自己梳洗完毕以后，必须仔细地给星球梳洗，必须规定自己按时去拔猴面包树苗。这种树苗刚萌芽时，与玫瑰苗很相像，一旦可以区别出来时，就要把它拔掉。这是一件很令人厌烦的工作，不过也很容易做。"

　　有一天，他建议我好好地用心画一幅漂亮的画，好让我家乡的孩子们对这件事有所认识。他还对我说："如果将来有一天他们出外旅行，这对他们是很有用的。有时候，人们把自己的工作推迟一点去做，关系不大，但要是遇到拔掉猴面包树苗这种事，迟了一点，那就非造成一场灾难不可。我知道有一个星球，上面住着一个懒汉，他放过了三株猴面包树苗……"

　　我根据小王子的指点，把这个星球画下来。我从来不太愿意以道学家的口吻来讲话，但猴面包树的危险性，确实大家都知道得很少，因此，这一次，我突然打破一向不喜欢教训人的习惯，我说："孩子们！要当心那些猴面包树呀！"为了使我的朋友们

15

警惕这种危险——他们和我一样，长期和这种危险接触，却没有意识到它的危险性——我花了很大工夫画出这幅画。我提出的这个教训意义是很重大的，花点工夫很值得。你们也许要问，为什么这本书中其他的画，都没这幅画得那么壮观呢？回答很简单：别的画我也曾试图画得好些，却没成功。而当我画这猴面包树时，有一种急切的心情在激励着我。

六

　　啊，小王子！就这样，我终于逐渐了解你那忧郁的生活。在过去相当长的时间里，你唯一的乐趣是欣赏日落景色的柔情。这是在第四天的早晨，我才知道这件事的。当时你对我说：

　　"我喜欢看日落。我们一起去看一回日落吧！"

　　"可是我们得等到……"

　　"等什么呀？"

　　"等太阳落下。"

　　起初，你显得异常惊讶的样子，随后你笑自己糊涂。你对我说：

　　"我总以为是在家里哩！"

　　确实，大家都知道，在美国是正午时，在法国正是夕阳西下。如果你在一分钟内赶到法国，你就可看到日落。可惜的是，法国离这里太远。但是，我的小王子，在你那样小的行星上，你只需把你的椅子挪几步就行了。这样一来，你便随时可以看见落日的晚霞……

　　"有一天，我看见过四十三次日落。"

　　过了一会儿，你又说，

　　"你知道，当一个人感到十分烦闷时，总是喜欢看日落的。"

　　"那么，你一天看了四十三次日落，是不是因为感到特别烦闷？"我问道。

　　小王子没有回答。

七

第五天，还是亏得羊的事，我才发现这位小王子的生活秘密。好像是对一个问题，默默思索了很长时间以后，得出了什么结果似的，他突如其来地问我：

"羊，它要是吃小灌木，那么也吃花吗？"

"它碰到什么就吃什么。"

"连有刺的花吗？"

"有刺的花也吃。"

"那么，刺有什么用呢？"

我不知道该怎样回答。那时候，我正忙着从引擎卸下一颗拧得太紧的螺丝。我发现机器故障似乎十分严重，备用的饮水也快完了，我担心可能发生最糟的情况，因此心里很焦急。

"那么，刺有什么用呢？"

小王子一旦发问，就不肯放过。但那颗该死的螺丝使我很恼火，于是我就不假思索地随便回答：

"刺么，它什么用处也没有，这全是花恶作剧要刺人。"

"哦！"

好一会儿，他默不作声。这之后，他怀着不满的心情冲着我说：

"我不信！花是弱小、淳朴的。它总是想方设法保护自己，它们认为刺是它们自卫的厉害武器……"

我没搭腔。我当时想："如果这颗螺丝再拧不下来，我就一锤子把它敲掉。"

小王子又来打扰我：

"你真的相信花……"

"哦，算了吧！我什么也不相信！我只是随便回答你。你没看见吗，我有正经的事要做。"

他惊讶地看着我。

"正经事！"

他看着我手拿锤子，满手油污，俯身对着一个在他看来又脏又丑的东西。

"你说话就和大人们一样！"

这话使我感到有点难堪。接着，他毫不留情地说：

"你什么都搞不清……你把什么事情都搅乱了！"

小王子真的生气起来，他晃动着脑袋，金色的头发在风中飘起。

"我认识一个星球，上面住着一位红脸先生。他从来没闻过一朵花，从来没有看见过一颗星星，从来没爱过一个人。除了算账以外，他从未做过任何事。一天到晚，他同你一样，老是说：我有正经事要做，我是一个认真的人。他自以为了不起。他简直不像人，他只是个蘑菇。"

"是个什么？"

"一个蘑菇！"

小王子当时气得脸都发白了。

"千万年以来，花儿都长刺；千万年来，羊仍然吃花。为什么花儿费那么大的劲去长刺，而这些刺毫无用处，搞清楚这件事，难道不重要吗？难道羊与花之间的斗争，不是一件重要的事吗？这难道不比那个大胖子红脸先生的账目更重要？要是我认识一朵花儿，她是世界上独一无二的，她哪儿也不长，只长在我的星球上，而一只小羊可以糊里糊涂一口就把她毁了，这难道不重要？"

小王子的脸气得发红，接着又说：

"如果有一个人爱上在这亿万颗星星中仅有的一朵花，这人望着星空的时候，就会觉得幸福。这时，他可对自己说，就在其中的一颗星星，有我的花儿在……但是，羊要是把这朵花儿吃掉了，对他来说，所有的星星一下子全都变为黑暗无光了，这难道不重要？"

　　小王子说不下去了，突然抽抽噎噎哭了起来。天已黑了。我丢下手里的工具。锤子、螺钉、饥渴、死亡，我全都抛在脑后了。在一个星球上，在一颗行星上，在我的行星上，在地球上，有一位小王子需要安慰。我把他抱在怀里，轻轻摇晃。我对他说：

　　"你爱的那朵花儿没有危险……我给你的小羊画一个嘴套……我给你的花儿画一副盔甲……我要……"我简直不知道该说些什么才好。我觉得自己太笨拙。我不知该怎样做才能打动他，才能接近他……唉，眼泪的境域，是多么神秘！

八

　　不久，我学会更好地去认识这朵花儿。在小王子的星球上，过去一直生长的花，非常简单，花冠上只有一层花瓣。这些花很小，一点不占地方，从来也不会给人麻烦。她们早上在草丛中开放，到了晚上就凋谢了。有一天，不知从哪里来了一颗种子，后来忽然发了芽。小王子小心翼翼地监护着这株与众不同的嫩芽：说不定是猴面包树的一个新种呢！可是这嫩芽不久就不再长高了，并且开始含苞吐蕾。小王子看到嫩芽长出一个巨大的花蕾，感到从中一定会产生奇迹。但是，这朵花儿却躲在她那绿茵茵的房间里，梳妆打扮没个完。她细心选择自己的颜色，慢腾腾地披上衣服，把花瓣一片片地装配好。这花儿不愿像虞美人的花朵那样，容颜憔悴就出来与世见面。她要让自己带着光彩夺目的丽姿出现。嘿！的确如此。她是非常爱俏的。她梳妆打扮了好多好多天。然后，一天早晨，正好当太阳升起的时候，她露面了。

她，精心做了那么许多的准备，却伸懒腰打着呵欠说：

"哎呀！我刚刚睡醒……请原谅……瞧我的头发还是乱蓬蓬的……"

小王子此时抑制不住自己那爱慕之情。

"你真美！"

"是么？"花儿娇滴滴地回答，"你可知道，太阳是和我同时诞生的……"

小王子看得出，这花儿很不谦虚，不过，她确实楚楚动人。

"我想，该是吃早点的时候了吧？"她随后又说，"请您记得我需要……"

小王子感到十分惭愧，于是去提了一壶清水来给她浇灌。

不久，她就以她的多疑的虚荣心来折磨小王子。例如，有一天，她谈起她身上长着的四根刺时，她对小王子说：

"老虎么，让它们带着它们的利爪来吧！"

"我的星球上根本没有老虎，"小王子反驳说，"而且老虎是不吃草的。"

花儿娇嗔地说："我可不是草。"

"请原谅！"

"我不怕什么老虎，可是我受不了穿堂风，您没有屏风吗？"

小王子思忖："受不了穿堂风……这对一株植物来说，太不幸了。这朵花儿有点难弄……"

"晚上您得把我放在玻璃罩里，您这个地方很冷，这里不好住。我原来住的那个地方……"

她没说下去。她来的时候是一颗种子，哪里见过什么别的世界。她撒的谎是那么幼稚，让人抓住只有点觉得下不了台，于是她咳上两三声，想把错处推到小王子身上。

"屏风呢？"

"你刚才跟我说话时，我正要去拿来！"

这时，她故意咳得更响，好使他良心受责备。

尽管小王子真心诚意爱这朵花儿，这样一来，他开始对她产生怀疑了。小王子对一些无关紧要的话，看得过分认真，结果使自己很苦恼。

有一天，他对我倾诉："我当时什么也不懂！我应该根据她的行动，而不是根据她的话判断她。她对我散发芳香，她使我的生活充满阳光。我真不该离开她。我本应看得出她耍的那些小花招后面隐藏着的一片柔情。花儿是多么里外不一致！我当时年纪太小，不懂得爱她。"

九

我想，小王子大概是利用一群候鸟迁徙的机会逃离他的星球的。出发的那天早上，他把他的星球收拾得整整齐齐，把它上面的活火山口仔细疏通。他拥有两座活火山，早上热饭很方便。他还有一座死火山，他也把它疏通一番，他想："说不定它还会再活动起来呢。"火山得到疏通，它们就燃烧得缓慢均匀，不会突然喷发。火山喷发，就像烟囱冒火一样。当然，在我们的地球上，我们力量太小，没法给火山疏通，所以火山给我们带来很多麻烦。

走前，小王子虽然有点闷闷不乐，但他还是把剩下的最后几株猴面包树苗全拔掉。他认为他再也不会回来。这天早上，所有的日常活都使他感到极其亲切。当他最后一次浇花，准备为她盖上玻璃罩时，他觉得自己想哭出来。

"再见了！"他对花儿说。

可是她没有搭腔。

"再见了！"他又说了一遍。

花儿咳嗽起来，但并不是由于感冒。

她终于开口说："我真傻。我请求你的原谅。祝你幸福。"

她居然没有一句责备他的话，这实在使他感到意外。他站在那里手足不知所措，玻璃罩举在半空。他不懂得这份脉脉的柔情。

"的确，我爱你。"花儿对他说，"但是你一点儿都没体会到，这实在是我的过错。再说也没用了。不过，你过去也和我一样的傻。希望你今后幸福……把罩子放到一边去吧，我用不着它了。"

"要是风……"

"我的感冒并没那么厉害……晚间的凉风对我倒有好处。我是花呀。"

"要是虫子野兽……"

"我要是想结识蝴蝶，我就应当忍受得了两三只小毛虫在身上爬。据说，这很美妙。如果没有蝴蝶和毛虫，还有谁来看我呢？你么，你又远在天边。至于大动物，我并不怕，我有爪子。"

她天真地伸出她那四根刺，随后又说：

"别这样磨磨蹭蹭啦，这挺叫人烦心！你既然决定走，那就快走吧！"

她是怕小王子看见她哭。这是一朵有傲气的花……

十

在附近的空中，有 325，326，327，328，329，330 等几颗小行星。小王子首先访问这几颗星球，想在那里找点事干，丰富自己的见识。

第一颗星球上住着一位国王，他穿着白鼬皮紫红缎长袍，端坐在一个既简朴又庄严的宝座上。

当他看见小王子时，竟叫喊起来：

"哟，来了一个臣民！"

小王子心想："他从来就没有见过我，怎么会认得我呢？"

他哪里知道，在国王的眼里，世界最简单不过：所有的人都是臣民。

"来，走近些，让我仔细看看。"国王对小王子说。他终于成为一个臣民的国王，因此神气十足。

小王子看看四周，想找个地方好坐下来，可是整个星球全被那华丽的鼬皮长袍占满了。他只好站着，但实在疲乏，不禁打起哈欠来。

"在国王面前打哈欠，是违反宫廷礼节的。我禁止你打哈欠。"

小王子羞愧地说："我实在忍不住。我是从很远的地方来，一直没有睡觉哩……"

"那好吧，"国王说，"我下令你打哈欠。好些年来，我没有看见人打哈欠了。我看，打哈欠倒是一件新鲜事。来吧，再打个哈欠！这是命令。"

"这倒叫我紧张起来……我打不出哈欠来了……"

小王子脸憋得通红。

"嗯！嗯！"国王回答说，"那么我……我命令你，有时打哈欠，有时……"

他嘟嘟囔囔，显得有点恼火。

因为国王主要的是保持他的权威受到尊重，他不容许违抗他的命令。他是一位专制君主。但是，他为人善良，他下的命令合情合理。

他常常说："倘若我命令一位将军变成一只海鸟，将军不服从的话，那就不是将军的错，那是我的错！"

"我可以坐下吗？"小王子胆怯地问。

"我命令你坐下。"国王一边回答，一边庄严地把他那白鼬皮长袍的下裙撩起。

可是，小王子感到很奇怪。这么小的行星，国王能统治什么呢？

"陛下，"王子说，"请原谅，我想提个问题。"

"我命令你提个问题！"国王急忙说。

"陛下……您到底统治什么？"

"统治一切！"国王的回答，简单明了。

"一切？"

国王轻轻地指指自己的星球，其他的行星，以及所有的星辰。

"所有这一切吗？"小王子问。

"所有这一切……"国王回答。

他不仅是一国的专制君王，而且是整个宇宙的君主哩。

"星辰全都服从您吗？"

"那当然！"国王对他说，"我一下令，它们立即听命。我不容许不遵守纪律。"

这么一种权力，使小王子惊叹不已。如果自己有这种权力，那么，他可以随时看日落，一天不只看四十四次，而是七十二次，甚至一百次、两百次，而且不需要移动椅子！他这时想起那被自己遗弃的小星球，心里有点难过，于是他鼓起勇气向国王提出一个请求：

"我想看看日落……请求您……命令太阳落下去吧……"

国王说："倘若我命令一位将军像一只蝴蝶那样在花丛中飞来飞去，或是命令他写一部悲剧，或者变成一只海鸟，如果将军不执行接到的命令，那么，是他不对，还是我不对呢？"

"那当然是您不对了。"王子肯定地回答。

"一点也不错，"国王接着说，"不能强人所难。权威首先要建立在理性上。要是你命令你的老百姓去跳海，他们非起来革命不可。我的命令是合情合理的，我才有权要人家服从。"

"那么，我提到的日落呢？"小王子重提一句。他一旦提出一个问题，从来不会忘记追问到底。

"日落么，你会看到的。我会要求照办不误。但是，按照我的科学统治，我得等到条件成熟时，才下命令。"

小王子问道："那要等到什么时候呢？"

国王在回答之前，先查阅一本厚厚的历书，嘴里慢条斯理地说："嗯！嗯！日落么，大约是……大约是……今晚七时四十分左右！你会看到，令出必行。"

小王子打了个哈欠。他惋惜看日落的事要告吹了。他已感到有点无聊。他对国王说：

"我在这里没什么事可干。我要走了。"

"别走！别走！"国王说。他正因有了一个臣民洋洋得意，"我封你做大臣！"

"做什么大臣呢？"

"司……司法大臣！"

"可是，这里根本没人可以……审判呀！"

"那也很难说，"国王说，"我还没有把我的王国巡视过哩，我老了，这里又没有地方可停马车，还有，一走路我就累。"

"噢，我可是全看过了。"小王子说，他探身朝星球的另一面看了看，"那边也没有人……"

"那么，你就审判你自己吧！"国王回答，"这是最难做到的一件事了。审判自己，比审判别人难得多。你若是能够公正地审判自己，那你就是一个真正的贤士。"

"我，"小王子说，"我到什么地方都可以审判自己。我不需要住在这里。"

"嗯……嗯……"国王又说，"我相信，在我的星球上有一只老鼠。我在夜里听见它的声音。你可以审判它，你每隔一段时间，判它个死刑。这样一来，它的生命就取决于你的判决了。不过，每次判刑后，都要赦免它，要手下留情，因为只有这一只老鼠。"

"判死刑，"小王子说，"我可不喜欢干这种事，我想，我还是走吧。"

"不行！"国王说道。

但是，小王子已准备要离开。他不想让老国王难过，便说道：

"陛下如果希望令出必行，一刻不误，那就请下一道合情合理的命令。比如说，您命令我，在一分钟之内必须离开。我认为这个条件成熟了……"

国王一言不发。小王子起先迟疑了一下，接着叹了口气就走了。

"我派你担任我的大使。"国王忙不迭地喊道。

他显出非常有权威的气派。

小王子一路上自言自语："大人真古怪。"

十一

第二个行星上住着一个自高自大的人。

"啊！啊！一个崇拜我的人前来拜访了！"他一见小王子，老远就大声嚷起来。

在自高自大的人眼里，所有的人都是他的崇拜者。

"你好！"小王子说道，"你戴着的帽子好古怪。"

"这是向人致意用的。"这个爱虚荣的人回答说，"当人们向我欢呼喝彩时，我就举帽致意。可惜的是，从来没有人走过这里。"

"什么？"小王子没有听懂。

"你两手对拍，鼓掌吧。"爱虚荣的人向小王子建议。

小王子拍手鼓掌，自高自大的人庄重地举帽还礼。

"这比访问国王有趣些。"小王子想。

他又再拍掌，自负的人又举帽还礼。

这样一连做了五分钟后，小王子开始觉得这种单调的把戏没有什么意思，于是厌倦起来。他说：

"想要叫你把帽子放下，该怎么办呢？"

这回，爱虚荣的人听不见他说的话了，因为这种人只听得进赞扬的话。

"你真的那么崇拜我吗？"

"崇拜，什么意思？"

"崇拜么，那就是承认我是星球上长得最美、衣着最好、家财最富、头脑最聪明的人。"

"可是，你的星球上只有你一个人呀！"

"请你帮帮忙，还是崇拜我吧！"

"我崇拜你，"小王子微微耸耸肩说，"这有什么能使你感兴趣的？"

小王子于是走掉了。

"大人真是古怪。"他一路上对自己这么说。

十二

下一个星球住着一个酒鬼。这次访问时间虽很短，却使小王子长久郁郁不乐。

"你在干什么？"小王子问酒鬼。这个酒鬼颓然地坐在那里，面对着一堆酒瓶，有的是空的，有的装满着酒。

"我在喝酒呀！"酒鬼满面忧伤地回答。

"你为什么喝酒？"小王子问道。

"为了能够忘却。"酒鬼回答。

"忘却什么？"小王子问。他已有些可怜酒鬼了。

"忘却我的羞愧。"酒鬼低下头坦白说。

"你羞愧什么呢？"小王子又问，很想帮助他。

“羞愧我喝酒。”酒鬼说完这话，再也不开腔了。

小王子走掉了，困惑不解。

“大人确实是古怪。”一路上他自言自语地说。

十三

第四个行星是一个商人的星球。这个人忙得不可开交。小王子到来时，他连头都没有时间抬一抬。

“您好！”小王子对他说，“您的香烟熄灭了。”

“三加二等于五。五加七等于十二。十二加三等于十五。您

好！十五加七是二十二。二十二加六是二十八。没时间再点着烟。二十六加五得三十一。乖乖！一共是五亿零一百六十二万二千七百三十一。"

"五亿什么东西？"小王子问。

"嗯，你还在这里么？五亿零一百万，我也弄不清是什么了。我忙极了，我是个认认真真的人。我不爱把闲聊当消遣。二加五等于七……"

"五亿零一百万什么东西？"小王子重复地问。他一旦提出一个问题，是绝不会半途而废的。

这位商人终于抬起头来。

"我住在这星球上五十四年以来，只有三次遭到打扰。第一次是二十二年前，有一只金龟子，天晓得它从哪儿掉了下来。它发出的可怕的响声，使我加错了四个数字。第二次是十一年前，我患了关节炎，我缺乏运动。我没工夫闲逛。我是个认认真真的人。第三次……就是现在！我刚才正算出五亿零一百万……"

"几百万什么东西？"

这位商人意识到，不回答这个问题，他别想有安宁的时候了。

"几百万个小东西，"他说，"有时在天空中可以见到的东西。"

"是苍蝇吗？"

"不是的，是亮闪闪的小东西。"

"是蜜蜂吗？"

"不是，是金黄色的小东西，那使无所事事的人想入非非的东西。可我是个认真的人！我没有时间想入非非。"

"啊！那是星星吗？"

"对了，就是星星！"

"你计算那五亿星星做什么？"

"五亿零一百六十二万二千七百三十一颗星。我是个认真的人，讲究精确无误。"

"你拿这些星星做什么？"小王子问。

"我要它们做什么？"

"是呀。"

"什么也不做。我就是占有它们。"商人说。

"你占有星星？"

"是的。"

"我见过一位国王，他……"小王子说。

"国王不占有星星，他们只是统治而已，这有很大的区别。"

"你占有星星又怎么样呢？"

"那我就富有了。"

"富有了又怎么样？"

"我买进别的星星，要是有人找到的话。"

"这个人，"小王子心想，"思路和那个酒鬼有点相像。"

虽然是这样想，他还要提问题：

"怎么才能占有星星呢？"

"那么，你说说，星星是属于谁的？"商人烦躁地顶了一句。

"我不知道。它们不属于任何人。"

"那就是属于我的，因为我是头一个想到占有的。"

"想到就可以占有了吗？"

"那当然，你倘若发现一颗钻石，它不属于任何人的，那么这钻石当然就是属于你的了。当你发现一个小岛，它是无主的，那么这个岛就是你的。你若是首先想出一个主意，申请了专利权，这个主意就属于你的。我占有这些星星，因为在我之前，没有人想过占有它们。"

"这倒也是。不过，你占有了做什么？"

"我管理经营它们，"商人说，"我一遍又一遍计算它们的数目，这可不是件容易的事。我可是个认真的人！"

小王子还是不满意。

"我拥有一条围巾，我把它围在脖子上，随身带着走。我拥有一朵花儿，我可以把它采摘了带着走。你可不能摘下这些星星……"

"是不能，但我可以把它们存在银行里。"

"这是怎么一回事？"

"就是说，我把这些星星的数目写在一张小纸头上，然后把它放在抽屉里，锁起来。"

"没别的了？"

"这就够了。"商人说。

小王子想："真好玩。这倒挺有诗意，但算不上是了不起的正经事。"

关于什么是正经事，小王子的看法与大人的看法大不相同。他接着又说：

"我拥有一朵花儿，我天天给它浇水。我拥有三座火山，我每星期全都打扫疏通一遍，连死火山在内，谁晓得那死火山会不会再活动起来哩。我拥有火山，我拥有花儿，而我对我的火山，对我的花儿有用处。你呢，你对星星并没有用……"

商人张口结舌，找不出话回答。小王子走了。

"大人真是太离奇了。"在路上，他自言自语只是说这句话。

十四

第五个星球非常奇特。它是群星中最小的一颗。整个地方只

能刚好容得下一盏路灯和一个点路灯的人。小王子怎样也想不通：这行星坐落在太空某一角落里，即没有居民，又没有房屋，要一盏路灯和一个点灯人干什么？虽然他是这样想，但他心里对自己说："可能这个人行为荒谬，但比那国王、那自高自大的人、那商人、那酒鬼，都要好一点。至少，他

的工作还有点意义。他点着了他的路灯时，就像增添一颗星星，或是一朵花儿。他熄灭了路灯，就像让星星或花儿睡觉。这工作真美！既然是美的，那就是真正有用的了。"

小王子一到了这个行星上，就恭恭敬敬地向这位点灯人施个礼：

"早上好！你刚才为什么把路灯熄了呢？"

"早上好！这是遵守规定。"

"什么是规定？"

"就是熄掉我的路灯。晚安！"

他又点亮了路灯。

"但你为什么又把它点着了呢？"

"这是规定呀！"点灯人回答道。

"我弄不懂。"小王子说。

"没什么要弄懂的。规定就是规定。早上好！"点灯人回答说。

他又把灯熄灭了。

然后，他用一块红方格手绢擦擦额上的汗水。

"我的工作，真是累得要命。从前，这工作还合情合理。早上熄灯，晚上点灯，其余的时间，白天我休息，晚上我睡觉……"

"后来规定改变了，是吗？"

点灯人说："规定倒没有改变，惨就惨在这里！这星球一年比一年转得更快，而规定却始终没有改。"

"那又怎样呢？"小王子问。

"现在这星球每分钟转一圈，我连一秒钟的休息时间也没有了。每分钟要点一次灯，熄一次灯！"

"真有趣！你这里，一天只有一分钟长。"

"才没什么有趣呢！"点灯人说，"我们俩刚聊了几句话，一个月已过去了。"

"一个月?"

"对,一个月。三十分钟就是三十天。晚安!"

他又点着他的路灯。

小王子看看他,觉得他可爱,他是那么样忠诚地执行规定。这时候,他想起,以前他只要移动一下椅子就可以看到日落。他很想帮助这位朋友。

"告诉你……我知道一个办法,能使你随时要休息就休息……"

"我一直就想休息。"点灯人说。

一个人可以既忠于职守又可偷闲的。

小王子继续说:

"你的星球那么小,只要跨三步就可绕一圈。你只要走得慢,太阳就始终在你头上。你想要休息的时候,你就这样走……你要白天多长就有多长。"

"这办法帮不了我多大的忙。我在生活中喜欢的是睡觉。"

"那没什么办法。"

"是没什么办法。"点灯人说,"早上好!"

他又熄灭了路灯。

小王子一边上路一边自言自语说:

"这个人,一定会让别人——那国王呀,自高自大的人呀,酒鬼呀,商人呀,瞧不起。可是依我看来,唯有他不荒唐可笑。可能是因为他关心的不是自己。"

小王子惋惜地叹一口气。他还想:

"这个人,是我所遇到的人中唯一可以做朋友的人。但是,他的星球实在太小,容不下两个人居住……"

小王子不敢坦白承认:他留恋这颗得天独厚的星球,主要是因为那里每二十四小时就可以看到一千四百四十次日落。

十五

　　第六颗行星比上一颗要大十倍。上面居住着一位老先生，他在撰写大部头的书。

　　"瞧！来了一位探险家。"他看见小王子时，大声嚷起来。

　　小王子在桌旁坐下，有点气喘吁吁。他跑了多少路呀！

　　"你从哪里来的呀？"老先生问。

　　"这一大本是什么书？你在这里干什么？"小王子问道。

　　"我是地理学家呀。"老先生说。

　　"什么是地理学家？"

　　"地理学家嘛，就是一种学者。他知道哪里有海洋，哪里有河流、城市、山脉、沙漠。"

"这倒挺有意思。"小王子说，"这才是一种真正的行当。"他朝四面看了看这位地理学家的星球，他还从来没有看见过这样壮观的星球。

"您的星球真美呀。这里有没有海洋呢？"

"这个，我没法知道。"地理学家说。

"啊！"小王子大失所望，"有没有城市、河流、沙漠呢？"

"我都没法知道。"地理学家说。

"可您还是地理学家呢！"

"一点不错，"地理学家说，"但我不是勘探员。我手下一个勘探员也没有。地理学家的职责不是到外边去数城市、河流、山脉、海洋和沙漠的。地理学家太重要了，不能到处去逛。他离不开自己的办公室。他经常在办公室里接待勘探者，询问他们，记下他们的追忆。要是其中有一位记得的事引起他的兴趣，地理学家就叫人对他的品德调查一番。"

"这是为什么呢？"

"因为勘探工作者如果不说实话，就会给地理书带来灾难性的后果。还有酒喝多了的勘探者也是如此。"

"这是为什么呢？"小王子说。

"因为醉汉会把东西看成双重的，这么一来，原是一座山的地方，地理学家会写成两座。"

"我认识一个人，"小王子说，"他要是搞勘探，很可能是个糟糕的勘探员。"

"这很可能。如果勘探工作者的品德证明是好的，那就再进一步调查他的发现。"

"亲自去看一看吗？"

"不，那太复杂了。但是，必须要求勘探者提出证据。譬如说，他发现了一座大山，那就要求他带几块大石头来。"

地理学家突然兴奋起来。

"正好，你是从远方来的！是一位勘探家！给我谈谈你的那个星球吧！"

地理学家打开记录本，削尖他的铅笔。他往往首先用铅笔记下勘探者的叙述，等到勘探者提供证据以后，再用墨水誊写下来。

"谈谈吧？"地理学家问。

"哦！我住的地方，"小王子说，"不怎么有趣。那儿很小。我有三座火山，两座是活的，一座是熄灭了的，但以后它会不会活动起来，很难说。"

"是很难说。"地理学家说。

"我还有一朵花儿。"

"花卉，我们是不记录的。"

"为什么不记录？花是最美丽的东西。"

"因为花卉是朝生暮死的东西。"

"朝生暮死什么意思？"

"地理书，"地理学家说，"是一切书籍中最严肃认真的书，永远不会过时的。山脉极少移位，海洋极少干涸。我们所要写的，只是千古不变的东西。"

"但是，死火山可能还会复苏，"小王子说，"朝生暮死，到底是什么意思？"

"火山不论是死是活，对我们这些人来说，都是一回事。"地理学家说，"我们认为，重要的是山。它不会变。"

"到底朝生暮死，是什么意思？"小王子再三地问。他一旦提出一个问题，是不肯罢休的。

"朝生暮死的意思是：生命很快就消失了的。"

"我的花儿很快就会消失吗？"

"那当然。"

"我的花儿是朝生暮死的，"小王子自言自语，"她只有四根刺可以保护自己，对付世界，而我却把她独自留在家里。"

这是他第一次感觉到悔恨。但是，他还是鼓起勇气来。

"您说，我还可以上哪里去访问呢？"

"地球。"地理学家说，"地球是有声望的……"

小王子走了，还一边想着他的花儿。

十六

第七个星球是地球。地球可不是一个平凡的星球！地球上有一百一十一位国王（当然，没有忘记算上黑人国王），七千位地理学家，九十万商人，七百三十万酒鬼，三亿一千一百万自高自大的人——合计起来，大约二十亿位大人。

为了使您对地球的大小有个概念，我告诉您，电灯发明以前，六大洲上，为了点路灯，需要维持一支四十六万二千五百一十一个点灯人组成的真正庞大的队伍。

从远处望过去，它给人以一个壮丽辉煌的印象。这支大军动作有条不紊，就像芭蕾舞剧里的一样。首先登场的是新西兰和澳大利亚的点灯人。点着了灯后，他们就去睡觉了。其次轮到中国和西伯利亚点灯人上台，随后他们退入后台。再次是轮到俄罗斯和印度的点灯人。然后是非洲和欧洲的，接着是南美洲的，再就是北美洲的。他们登场的次序从来一点不乱，那情景真是浩浩荡荡，蔚为大观。

他们当中，只有两个点灯人——一个是负责北极的一盏路灯

的，还有一位负责南极一盏路灯的同行——他们过着逍遥的日子，因为每年只要工作两次。

十七

一个人想要小聪明，说话就可能不大实在。我告诉你们点灯人的事时，也不是完全老实的。很可能给没有见过我们星球的人造成一种错觉。其实，人在地球上占的地方很小。散居在地球上的二十亿居民，要是像开群众大会一样紧挨着站，可以宽宽松松地站在一个二十英里宽、二十英里长的一个广场上，换句话说，太平洋中最小的一个岛屿，也堆得下全人类。

大人当然是不会相信你们这话的。他们自以为自己要占很大的地方，他们把自己看成像猴面包树那样大得不得了。你们应该劝他们算一算，这会使他们开心，因为他们崇拜数字。但是，你们别把时间花在这种麻烦事上，这大可不必。你们可以完全相信我的话。

小王子踏上地球，连一个人影也没看见，大为惊讶。他担心自己跑错了星球，就在这时候，一个月白色的圆环在沙地上蠕动。

小王子随便地说了声："晚安！"

"晚安。"蛇说。

"我落在哪个星球上啦？"小王子问。

"在地球上，在非洲。"蛇回答。

"哦！……怎么，地球上难道没有人吗？"

"这里是沙漠呀。沙漠里没有人。地球是很大的。"蛇说。

　　小王子在一块石头上坐下，抬眼观望天空。"我在捉摸。"他说，"星星亮晶晶的，是不是为让每个人有一天可以重新找到自己的那一颗星……瞧，我的那颗，正在我的头上……但是，它是多么遥远！"

　　"它很美，"蛇说，"你来这里干什么？"

　　"我跟一朵花儿闹了别扭。"小王子说。

　　"噢！"蛇说。

　　过后他们都沉默下来。

　　"人在哪里？"小王子终于又开口，"在沙漠里，真有点寂寞……"

　　"在人中间，还不是一样寂寞。"蛇说。

小王子看着它好半天，终于又说：

"你真是一只奇怪的动物，身体细得像手指头……"

"可是，我比国王的手指还更有力量呢！"蛇说。

小王子笑了一笑。

"你不像那么有力量……你连脚也没有……你甚至不能出门旅游……"

"我可以把你带到很远的地方，比一条船还走得远哩。"蛇说。

他盘绕在小王子的脚踝上，像一个金脚环。

"我碰上谁，就可把他打发回他的老家去。"蛇说，"但是，你是那么纯真，而且是从另一个星球来的……"

小王子没有做声。

"你那么弱小，来到这花岗岩石造成的地球上，叫我动了怜悯之心。"蛇说，"有一天，你很想自己的老家的话，我可以帮你忙，我可以……"

"哦，我很明白你的意思。"小王子说，"但是，你为什么说话老像谜语似的？"

"这些谜语，我全都能解答。"蛇说。

他们俩又沉默起来。

十八

小王子穿过沙漠，只遇到一朵花，一朵只有三个花瓣的花，并且不大起眼。

"你好！"小王子说。

46

"你好！"花说。

"人在哪儿?"小王子彬彬有礼地问道。

有一天，花曾看见一支骆驼队走过。

"人？我想大概有那么六七个吧。几年前，我曾看见过他们。可是谁也不晓得往哪里去找他们。也不晓得风把他们吹到哪里去。他们又没有根，这使他们很不好受。"

"再见啦！"小王子说。

"再见！"花说。

十九

小王子登上一座高山。以前他见过的山是那三座火山，只有他膝盖高，他把那座熄灭了的火山当做凳子用。小王子自言自语地说："从这么高的山上，我一眼就可以看见整个星球和上面所有的人。"可是，他看见的，却是一些峻峭的山峰。

"你们好！"小王子随便喊了一声。

"你们好……你们好……你们好……"回声响应说。

"你们是谁?"小王子说。

"你们是谁……你们是谁……你们是谁……"回声答应说。

"请你们做我的朋友吧，我很孤独。"他说。

"我很孤独……我很孤独……我很孤独……"回声响应说。

"多么奇怪的星球！"他想，"到处干巴巴，而且又尖峭又犀利。人们没有一点想象力，你讲什么，他们就说什么……我的老家有一朵花儿，她总是先开口说话……"

二十

在沙漠、岩石、雪地上走了许多时间以后，小王子终于发现一条大路。所有的大路，都是通往有人住的地方的。

"你们好！"他说。

他站在一个玫瑰盛开的花园里。

"你好。"玫瑰花说。

小王子一看，这里所有的花，全都和他的那朵花一个样。

"你们是什么花？"小王子惊奇地问。

"我们是玫瑰花呀！"群花回答说。

"什么！"小王子说。

他感到非常伤心。他的花儿曾对他说，她是天下独一无二的。可是，仅是在这一座花园里，就有五千来朵，而且朵朵相同！

小王子自言自语地说："她要是看见这些，必定十分恼火……她会咳得更厉害，她会装作活不下去了，免得让人当做笑柄。而我还不得不装着去护理她，因为，要不然，为了使我难堪，她可能真的非死不可……"

他还对自己说："我过去一直以为自己多么富有，拥有一朵独一无二的花，还加上三座火山，其实，这朵花，只是一朵普普通通的玫瑰，那三座火山只有我膝盖那样高，而且其中的一座，恐怕永远熄灭了……原来，我并非一位了不起的王子……"

为此，他躺在草地上呜呜地哭起来了。

二十一

这时候，一只狐狸出现了。

"你好!"狐狸说。

"你好!"小王子彬彬有礼地回答。但回头一看，什么也没看见。

"我就在这儿。"那声音说，"在苹果树下。"

"你是谁?"小王子说，"你真漂亮。"

"我是狐狸。"狐狸说。

"来跟我玩玩吧。"小王子建议说，"我很不开心……"

"我不能跟你玩，"狐狸说，"我还没经过驯养。"

"啊! 对不起!"小王子说。

但是，想了一想后，他又说:

"什么叫做驯养?"

"看来你不是住在此地的。"狐狸说，"你在找什么呢?"

"我在找人呀。"

小王子说，"究竟什么是驯养?"

"人嘛，"狐狸说，"人有枪，他们常常打猎，讨厌极了! 不过，他们也养鸡，这是他们唯一可取之处。你

是在找鸡吗？"

"不是。"小王子说，"我在找朋友。驯养，是什么意思？"

"这件事，早已给人差不多忘得一干二净了，"狐狸说，"意思就是：建立一种联系。"

"建立联系？"

"一点不错，"狐狸说，"在我看来，你只不过是一个小男孩，跟成千上万的男孩毫无两样。我不需要你，你也不需要我。对你来说我只不过是一只狐狸，跟成千上万的狐狸毫无两样。但是，你如果驯养了我，那么我们俩就彼此相互需要。对我来说，你是世界上独一无二的；我在你看来，也是世界上独一无二的……"

"我开始有点明白了。"小王子说，"有一朵花儿……我想，她把我驯养了……"

"这可能，"狐狸说，"地球上什么样的事都可能看到……"

"嗳！这不是地球上的事。"小王子说。

狐狸感到十分诧异。

"是在另一个星球上？"

"是的。"

"那个星球上有猎人吗?"

"没有。"

"这,这有意思!有鸡吗?"

"没有。"

"没有十全十美的。"狐狸叹口气,过后,他又回到原来的想法:

"我的生活很单调枯燥。我捕捉鸡,人追逐我。所有的鸡都是一个样的,所有的人也是一个样的。因此,我感到有点厌烦了。但是,你如果驯养了我,我的生活就会充满阳光。我会听得出一种与众不同的脚步声。别的脚步声会使我往洞里钻,你的脚步声却像音乐一般,把我从洞里召唤出来。还有,你看!那边的麦田,你看见了吗?我不吃面包,麦子对我来说,一点也没用。麦田不能引起我什么联想,这真使人扫兴!但是,你有金色的头发。一旦你驯养了我,那就会十分美妙!麦子,黄澄澄,会使我

联想到你，而且我甚至会喜欢风吹麦浪的沙沙声……"

狐狸没说下去，盯着小王子看了好久。

"请你……驯养我吧！"他说。

"我是很愿意的，"小王子回答道，"可是我的时间不多。我还要认识一些新朋友，了解许许多多的事。"

"人们只能了解自己所驯养的东西，"狐狸说，"人们不会有时间去了解任何东西。他们想要什么东西，都往商店去买现成的。可是，世界上没有可以购买朋友的商店，所以人也就得不到朋友。你要朋友，就请驯养我吧！"

"要驯养，该怎样做呢？"小王子说。

"必须非常耐心。"狐狸回答道，"首先，你离我远一点，像这样，坐在草地上。我用眼梢瞅着你，你一句话也别说。话语往往是误会的根源。不过，每天你要坐得更靠近我一些……"

第二天，小王子又来了。

"最好还是在同一时间来，"狐狸说，"比如说，你在下午四点钟来，一到三点钟我就开始感到幸福了。时间越接近，我就越感到幸福。到了四点钟，我就会坐立不安，焦虑重重；我就会发现幸福的代价。可是，你如果想什么时间来就什么时间来，我就不知道什么时候准备好我的心……应当有一定的常规。"

"常规是什么？"小王子问道。

"这也是被人差不多忘得一干二净的事，"狐狸说，"这就是使某一天与其他日子不同，使某一时刻与其他时刻不同。比如说，猎人也有一种常规。他们每星期四都和乡村里的姑娘跳舞。星期四就成为我开心的日子！我甚至可以一直逛到葡萄园。要是猎人什么时候都去跳舞，这一天和其他日子没什么不同，那我就终年没放假的日子了。"

于是小王子驯养了狐狸。当小王子快要离开时，狐狸说：

"哎！……我想哭。"

"这是你自己的过错，"小王子说，"我从未想过要使你难受，但是，你却要我驯养你……"

"是这样！"狐狸说。

"可是你现在又要哭！"小王子说。

"当然啦。"狐狸说。

"这样对你没有什么好处。"

"对我有好处。"狐狸说，"有了麦子的颜色。"

接着狐狸又说：

"回去看看那些玫瑰花吧。你会明白，你的那朵花儿是世上独一无二的。你再回来跟我道别时，我送你一个秘密作为临别礼物。"

小王子走去再看那些玫瑰。

"你们一点也不像我的那朵玫瑰，你们还什么都不是呢！"小王子对她们说，"没有人驯养过你们，你们也没有驯养过什么人。你们就像我的狐狸从前一样，那时，他跟其他千万只狐狸没有什么区别。但是，我跟他做了朋友，他现在就是世界上独一无二的了。"

那些玫瑰花听了觉得十分难堪。

"你们很美，但你们是空虚的。"小王子继续说，"没有人会为你们去死。当然，我的那朵玫瑰，一个普通的过路人会认为她和你们是一样的。可是，她单独一朵比你们全体更可贵，因为我给她浇过水，因为我给她盖过罩子，因为我给她用屏风挡风，因为我给她身上除过毛虫（除了留下两三条，好让它们变为蝴蝶），因为我倾听过她的怨艾，她的夸口，有时甚至倾听她的沉默。因为她是我的玫瑰花。"

他又回到狐狸身旁：

"再见了……"

"再见了。"狐狸说，"喏，这就是我的秘密，很简单：只有用心灵看，才能看得清楚。本质的东西，眼睛是看不见的。"

"本质的东西，眼睛是看不见的。"小王子重复这句话，以免忘记。

"正是因为你为你的玫瑰，花费了时间，才使你的花儿变得那么重要。"

"正是因为你为你的玫瑰，花费了时间，才使你的花儿变得那么重要。"小王子重复这句话，以免忘记。

"这个真理，已经被人忘记了，"狐狸说，"但是你千万不要忘记。对你驯养的东西，你要永远负责。你必须对你的玫瑰花负责……"

"我要对我的玫瑰花负责。"小王子又重复跟着说，为了牢牢记住。

二十二

"你好。"小王子说。

"你好。"铁路扳道工说。

"你在这儿干什么？"小王子问。

"我在分送旅客们，每千人分成一包。"扳道工说，"然后把载运他们的火车打发走，有时发往右方，有时发往左方。"

这时，一列灯光明亮的快车，轰隆轰隆地响着，把扳道室震得摇摇晃晃。

"他们匆匆忙忙，"小王子说，"到底在寻找什么呢？"

"谁知道？连开机车的人自己也不清楚。"扳道工说。

第二列灯光明亮的快车，朝着相反的方向，轰隆轰隆地驶过来。

"他们怎么又回来了呢？"小王子问。

"不是刚才那些人，"扳道工说，"这是对开的列车。"

"他们不满意自己待的地方吗？"

"他们都不满意原来待的地方。"扳道工说。

第三列灯光明亮的快车又轰隆轰隆地驶过。

"他们是不是在追赶头一批的旅客？"小王子问道。

"他们什么也不追赶，"扳道工说，"他们在车厢里不是睡觉，便是打哈欠。只有小孩子把鼻子紧贴在玻璃窗上往外张望。"

"只有小孩子知道他们在寻找什么，"小王子说，"他们花费不少时间在一个布娃娃身上，这布娃娃就成了重要的东西，如果有人把布娃娃抢走，他们就号啕大哭起来……"

"他们真有希望。"扳道工说。

二十三

"你好。"小王子说。

"你好。"商贩说。

这人贩卖精制的解渴药丸，只要每星期吞服一粒，不饮水也不会口渴。

"你为什么卖这种药呢？"小王子说。

"服了可以节省大量的时间，"商贩说，"专家们计算过，吃这种药，每星期可节省五十三分钟。"

"省下这五十三分钟用来干什么呢？"

"爱干什么就干什么……"

小王子心想："要是我省下五十三分钟，那我就悠悠闲闲地朝一口山泉走去。"

二十四

这是我在沙漠上出了事故的第八天。当我听到关于这商贩的故事时，我正喝完储存的最后一滴水。

"是呀！"我对小王子说，"你的这些往事很动人。可是，我的飞机还没有修好，我也没有喝的东西了。我要是能悠悠闲闲走到山泉旁边去，我也会开心的。"

"我的狐狸朋友……"小王子对我说。

"我的好小人儿呀，别再谈你的狐狸啦！"

"为什么？"

"因为人都快渴死了……。"

他不理解我的思路。他回答说：

"人有了一位朋友，即使快死了，那也很好。我就很高兴有过一位狐狸朋友……"

"他对危险，心中无数。"我心想，"他从来不知饥渴，只要有点阳光，他就足够了……"

他瞧我一眼，回答我心里想的：

"我也渴了……我们一起去找口水井吧……"

我有气无力地作了个手势：在无边无际的沙漠上，漫无定向地去找水井，岂不荒唐可笑。不过，我们还是出发了。

当我们默默地走了几个小时后，天黑了，星星开始发出亮光。我由于口渴，有点发烧，看见这些星星，好像是在做梦似的。小王子的话，在我脑海中跳来跳去。

"你也渴吗？"我问他。

他不回答我的问题，只是说：

"水对一个人的心灵也是有好处的……"

我不懂他的意思，只是默不作声……我知道不应该追问他。

他走累了，坐了下来。我也在他身旁坐下。沉默一会儿，他又说：

"星星是很美的，因为有一朵人们看不见的花儿……"

我回答道："那当然。"我再也不说什么，默默地看着月光下起伏的沙涛。

"沙漠很美。"他又说。

确实是这样。我一直很喜爱沙漠。坐在沙丘上，什么也看不见，什么也听不见。可是，在寂静中，有一种什么东西在发光……

"使沙漠美丽，"小王子说，"是因在某个地方藏着一口水井……"

我很惊讶突然明白沙漠里放出神秘光芒的原因。我小的时候，住在一座古老的房子里，据传说，里面地下埋着宝藏。确实，从来没有人能够找到，甚至也没有人去找过。但是，这宝藏使整座房子充满魔力。我家的房子，在它的心灵深处，隐藏着一个秘密……"

"对的，"我对小王子说，"无论是房子、星星或沙漠，使它们美丽的东西是看不见的。"

"我真高兴，你和我的狐狸看法一样。"小王子说。

小王子睡着了，我把他抱在怀里，又重新上路。我很兴奋激动，好像抱着一个很容易碎的宝物，好像全世界没有比他更脆弱的东西。在月光下，我看着他那苍白的面额、紧闭的眼睛、随风飘动的一绺绺头发。这时，我心想："我现在所看见的，不过是一个外壳而已。最重要的部分是看不见的……"

看着他那半开的嘴唇露出一丝微笑，我又这样想："这位睡着的小王子，使我十分感动的，是他对他那朵花儿的忠诚，即使他酣睡的时候，玫瑰花的形象，如同一盏灯的火焰一样，在他身上发光……"想到这里，我觉得他更加脆弱。灯光需要好好保护，一阵风就可把它吹灭了……

这样，走着走着，天快亮时，我找到了水井。

二十五

"那些人，"小王子说，"往快车里挤塞，却不知要寻找什么。他们忙忙碌碌，来回打转……"

他又补充一句：

"这实在没有必要……"

我们找到的这口井，和撒哈拉的水井不同。撒哈拉的井是从沙地上挖的洞。这口井却像村庄里的水井。可是，这里并没有什么村庄，我想是在做梦……

"奇怪，"我对小王子说，"一切东西都有了：辘轳、水桶、绳子……"

他笑了，拿起绳子，转动辘轳。辘轳像一个长久没有风来吹动的旧风标一样，吱吱作响。

"你听，"小王子说，"我们唤醒了这口井，它唱起歌来啦……"我不愿他费力，便对他说：

"还是我来干吧。这活对你太重。"

我慢慢地把水桶提到井栏上，把它平稳地放好在上面，耳边还回响着辘轳的歌声。我看到仍在晃动的水中，太阳在跳动。

"我渴望的就是这水呢，"小王子说，"给我喝一口吧……"

这时，我明白了：他所要寻找的是什么。

我把水桶提到他嘴边。他闭上眼睛喝了，就像过节一般惬意。这水，不只是一种饮料，它是从披星戴月长途跋涉、辘轳的歌声、我的双臂的力量产生出来的。这水，像一份礼物，使心田得到慰藉。在我小的时候，只有圣诞树的灯光、子夜弥撒的音乐、甜蜜的微笑，这一切才使我得到的圣诞礼物光芒四射。

"你这儿的人，"小王子说，"在一座花园里培植了五千朵玫瑰花……却找不到自己寻求的东西……"

"他们是找不到的。"我回答道。

"其实，他们只要在一朵玫瑰花身上，或是一滴水中，就可以找到了。"

"一点不错。"我回答。

小王子又说：

"眼睛是什么也看不见的。应该用心灵去找。"

我喝了水，呼吸顺畅起来。日出时，沙漠的颜色像蜂蜜似的。这颜色也使我感到高兴。可是，为什么我心里难过……

小王子又重新坐到我身旁。他温柔地对我说：

"你应当遵守诺言。"

"什么诺言？"

"记得么？……你给我的小羊画一个嘴套……我要对我的花

儿负责的呀。"

我从口袋里拿出画稿。小王子看见了，笑着说：

"你的猴面包树，有点像大白菜。"

"噢！"

我还为我画的猴面包树得意洋洋呢！

"你的狐狸……他的耳朵……有点像角似的。"

他又笑了。

"你可不公道，小家伙。我以前，除了画那开着和闭起肚皮的蟒蛇外，别的什么也不会画。"

"这满可以啦！"他说，"孩子们认得出来的。"

我用铅笔勾画了一个嘴套。递给他时，我心里难受。

"你的打算，我一点也不知道……"

但是他不回答我，只是说：

"你知道，我降落到地球上……明天是周年……"

接着，沉默了一会儿，又说：

"我就落在这附近……"

这时候，他的脸红了一红。

又一次，我不知为什么，感到一阵莫名其妙的悲伤。这时，我想起一个问题：

"这么说来，一星期前，我认识你那天早晨，你孤零零一个人，在远离人烟千里的地方走着，这不是偶然的了？你是要回到你降落的地方吗？"

小王子的脸又红起来。

我犹犹豫豫又说了一句：

"可能是为了周年吧？……"

小王子的脸红了又红。他从不回答问题，但脸红表示默认，不是么？

"哎!"我对他说,"我有点担心,害怕……"

可是他却对我说:

"你现在该工作了。你应该回到你的飞机那里去。我会在这里等你的。明天晚上再来吧……"

但是,我仍放心不下。我想起狐狸。一旦让人驯养了,恐怕难免要哭鼻子的……

二十六

井边,有一堵古旧的残缺的石墙。第二天晚上,我工作回来时,远远地看见小王子坐在墙上,双脚垂着。我听见他说:

"你真的记不起来吗?"小王子说,"绝不是这个地方。"

无疑,另有一个声音在和他对答,因为他搭腔说道:

"没错,没错,日子是对的,但地点不是这儿。"

我继续朝石墙走去,依然什么也没看见。

小王子停了半晌,又说:

"你那毒液灵不灵?你肯定不会叫我受太长时间的苦吧?"

我呆住了,心头一揪,但还没弄明白到底是怎么回事。

"现在,你去吧,我要下来了!……"小王子说。

这时,我低头往墙脚下看,吓了一跳。就那儿,一条黄色的毒蛇正竖起身子直冲着小王子。这种蛇三十秒内就能致人死命。我一边往口袋里掏手枪,一边飞跑过去。可是,蛇一听到我的脚步声,它轻轻溜进沙里去了,好像一股刚刚喷干了的水柱。接着,它不慌不忙地钻入了石缝中,发出一丝丝金属般的响声。

我跑到墙前,刚刚来得及把我这位小王子接住,抱在怀里。

他脸色惨白，像雪一般。

"这是怎么一回事？"我问，"你怎么居然和蛇谈起话来？"

我解开他那条一直不离身的金色围巾，用水湿了湿他的太阳穴，给他喝了一点水。这时，我不敢再问他什么问题了。他神色严肃地看看我，用双臂搂着我的脖子。我感到他的心，像中弹濒危的小鸟的心脏一样，在剧烈跳动。

他对我说："我真高兴，你终于找到了机器的毛病。你不久就可以回家去了。"

我正好是来告诉他，大大出乎我的意料，我成功地完成修理工作了。

"你怎么知道的？"

他对我的问题，不作回答，只是接着说：

"我也一样，今天也要回家去……"

然后，他郁郁不乐地说：

"我回家去，路要远得多……难得多……"

我清楚地感到，某种不寻常的事要发生了。我把他紧紧地搂在怀里，就像他是一个小孩子似的。可是，我觉得他好像直往一个万丈深渊里坠下，我无法拉住他……

他的目光严肃，落在遥远的地方。

"我有你画的小羊、羊的箱子和羊的嘴套……"

他带着忧伤的神情微笑。

我等了很长时间，才感觉到他身上渐渐恢复暖热。

"小家伙，你那时害怕……"

无疑，他当时是害怕的！但他现在轻轻地笑笑：

"今天晚上，我会更害怕……"

再一次，我意识到将要发生一件无可挽回的事，我感到心里冰冷。我明白，今后再也听不到这笑声了，一想到这里，我就无法忍受。这笑声，对我来说，就好像沙漠里的甘泉。

"小朋友，我还想听你笑……"

但是，他对我说：

"今晚，是一周年。我的那颗星，正好将到达我去年降落的地点的上空……"

"小朋友，那关于蛇、约会、星星的故事，这全是一场噩梦吧？……"

小王子没有回答我的问题，只是对我说：

"真正重要的东西，眼睛是看不见的……"

"不错……"

"花儿，也是一样。你倘若爱上一朵生长在星星上的花儿，那么，在夜间，你看看天空就会感到愉快。所有的星星都像盛开的鲜花。"

"不错……"

"水，也是一样。你给我喝的井水，由于那辘轳和绳子，它咕噜噜响，像一种音乐……你记得……这水非常甜美。"

"一点不错。"

"夜间，你可抬头看看星星。我的那一颗实在太小，我没法指给你看在哪儿。不过，这样更好。对于你，我的星星是群星中的一颗。这样一来，所有的星星，你都会喜欢观看了，它们都成为你的朋友。我还要送你一件礼物……"

小王子又笑了。

"啊！小朋友，小朋友，我多么爱听这笑声！"

"这就是我要送你的礼物，这好像那井水一样……"

"你是什么意思?"

"每个人都有星星，"小王子说，"但在不同的人眼里就不一样。对旅行者，星星是引路的。对另一些人，星星只是一些小亮光。对学者，星星是探讨的问题。对我那个商人，星星是黄金。但是，所有的星星都是一声不响的。你哪，你有的那些星星，是别人得不到的!"

"你是什么意思?"

"你夜间仰望星空时，由于我就住在其中的一颗星上，由于我在其中一颗星上笑，那么，对你来说，所有的星星仿佛都在笑。唯有你，有一些会笑的星星。"

小王子又笑起来。

"当你忧伤的心情获得安慰之后（人总是会自我安慰的），你就会因认识了我而高兴。你将永远是我的朋友，你会喜欢和我一起笑。有时，你打开窗子，为了开开心。你的朋友们看到你望着天空笑，会觉得非常奇怪。那时，你可以对他们说：'是的，星星总是让我欢笑的!'他们会认为你有点疯了。这全是我对你耍的一场恶作剧……"

这时，他又笑了。

"这好比是，我给你的不是星星，是一串串会笑的小铃铛。"

他又笑了。可是接着他正色说：

"今夜，你知道……你不要来。"

"我不离开你。"

"我的神色会显得很痛苦……有点像要死去的样子。就是那么回事。不要来看，没有必要。"

"我不离开你。"

这时，他担心起来。

"我对你说这些话……是因为那条蛇。别让它把你咬了……蛇很狠毒，一时高兴，就会咬人……"

"我不离开你。"

这时，他想起什么来了，似乎有点放心。

"对了，蛇咬到第二口就没有毒液了……"

这天夜里，我没有看见他起程。他不声不响地走了。当我终

于追上时，他坚定地快步走着。他只是淡淡对我说：

"哦！你还在这儿……"

他拉着我的手，但他仍然担心。

"你不应该来。你会难过的。我的样子像是死去，但这不是真的……"

我默不作声。

"你要明白，路太远，我没法把这躯体带走，它太沉重了。"

我还是默不作声。

"那只是像蜕下一层旧树皮一样。蜕皮，没什么为它伤心的……"

我还是默默不响。

他这时有点泄气了，但他还鼓起劲来说：

"你知道，那将会是多么美好。我以后也会望星星，每颗星都成了一口带有生锈的辘轳的水井。每颗星都倒水给我喝……"

我仍然沉默不语。

"多么好玩呀！你将有五亿个铃铛，我将有五亿口泉井……"

他说不下去了，因为他哭了……

"就是这儿了。让我一个人往前走一步吧……"

这时，他却坐下，因为他害怕。然后，他又说：

"你知道，我的那朵花儿，我要负责的！她是那么娇弱！那么幼小！她只有四根小刺，来保护自己，对付全世界……"

我这时也坐下，因为我站不住了。他说：

"好……全都说了啦！"

他迟疑了一下，然后站起来，向前走了一步。我却一步也动不了。

他的脚踝骨旁，闪过一道黄光。霎时间，他动也不动了。他没有叫喊一声，只是像一棵树似的轻轻倒下。一点响声也没有，因为遍地都是沙土。

二十七

一点不错，到现在，六年过去了，我还没对人讲起过这件事。伙伴们重新见到我时，看到我活着回来，十分高兴。我却很悲伤。我告诉他们："是因为累了……"

现在，我的悲伤已稍微得到安慰。这是说，还没有完全恢复平静。不过，我知道，他回到了他的星球上去了，因为那天日出时，我没有找到他的躯体。其实，他的身体并不那么沉重。从此，我喜欢在夜里倾听星星，好像是在听着五亿个铃铛……

可是，有一件非同小可的事：我给小王子画的羊嘴套上，忘了配一根皮带！这样，他绝不能把套子系在羊嘴上了。我至今还在思忖："他的星球会发生什么事呢？可能羊把花吃掉了……"

有时候，我对自己说："肯定不会的！小王子每天夜里，都会把花儿放进玻璃罩里，他会把羊看守住的……想到这里，我开心了。所有的星星都甜滋滋地笑起来。

有时候，我又对自己说："人总会一时疏忽，那可就糟了！他也许有一天晚上，忘记了玻璃罩；或者是，羊趁黑夜，不声不响地溜了出来……"想到这儿，一个个小铃铛就都变成一颗颗泪珠了……

这真是一个极大的奥秘：不论在什么地方，如果有一只羊（尽管我们从没有见过它），在某处，吃了或是没有吃一朵玫瑰花，对你们这些喜欢小王子的人，就像对我来说一样，整个宇宙就会改变了……

请你们看看天空，问问自己：羊到底吃了还是没吃那朵玫瑰花？你们将会觉得一切都变了样……

然而，竟没有一个大人明白，这件事是如此重要！

这一张画，对我来说，是世界上最美的也是最凄凉的景色。这一张与前面的一张画的是同一个地点。我再次把它描绘出来，为的是好让你们看清楚。就是在这儿，小王子在地球上出现，后来也是在这儿消失的……

你们仔细看看这个地方。有一天，你们若是到非洲去旅行，就能够准确地认出来。如果，你们有机会经过这个地方，请别匆匆而过，请你们在那颗星星底下，稍等一会儿。如果这时候，有一个小孩子向你们走来，如果他笑着，有一头金

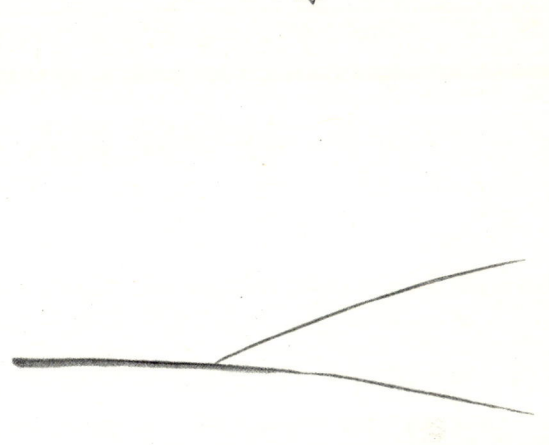

色的头发，如果你们问他问题时他不回答，你们就猜得出他是谁了。那么，就请你们帮帮忙，不要让我老是那么忧伤，赶快写信告诉我：他又回来了……

（林秀清　译）

林中睡美人

从前有一个国王和一个王后，他们因为没有孩子，心情非常懊丧，懊丧得无法用语言描述。他们走遍万水千山，许愿、进香、祈祷，什么法子都试过了，却没有一点效果。最后，王后终究还是怀上了，生下一个女孩。他们为女孩举行了隆重的洗礼，把国内能找到的所有的仙女（有七位）全都请来做小公主的教母，为的是让每一位仙女都按当时的仙女习俗送她一份贺礼，这样一来，小公主就可以具备所有能想象出来的完美品质。

洗礼仪式结束后，所有的人都回到了王宫，在那里为仙女们准备了盛大的筵席。她们每人面前都摆着一副精美的餐具——一个实心金盒子里放着一只汤匙、一把叉子和一把纯金做的小刀，小刀上面镶着钻石和红宝石。

仙女们就席的时候，忽然闯进来一位老仙女。她没有受到邀请，因为她有五十多年没从她住的塔楼里出来过，大家都以为她死了，或中了魔法啦。国王让人给她送来一副餐具，但已经没有办法为她像别的仙女一样提供实心金盒了，因为他们只为这七位仙女定做了七个。老仙女以为大家瞧不起她，便从牙缝里挤出一些威胁的话来。坐在她旁边的一位年轻的仙女听到她的话后，断定她会送给小公主某种令人不快的礼物，便在筵席散后躲到了帷幔后面，以便最后一个发言，尽可能地补救那位老仙女可能带来的不幸。

这时候，仙女们开始向公主赠送礼物了。最年轻的仙女送的礼物是让她成为世界上最美的人儿，第二位仙女让她像天使一样智慧超群，第三位仙女要让公主在做任何事情时都优雅得令人赞叹，第四位仙女要使她舞姿完美，第五位仙女要使她像夜莺一样歌唱，第六位仙女要让她能演奏各种乐器，并达到最高水平。然后轮到那位老仙女了，她一边说一边摇头，这并不是因为她上了年纪，而更多是由于憎恨，她说公主会被一只纺锤刺破手，并因此丧命。这份可怕的礼物使所有的人听了都心惊胆战，没有一个不潸然泪下。

　　就在这个时候，那位年轻的仙女从屏风后面走了出来，高声说了下面的话：

　　"国王和王后，你们放心好了，你们的女儿不会死的。的确，我没有足够的能力彻底推翻我的长辈所说的话。公主会被纺锤刺破手，但她不会死，只不过要沉睡一百年，一百年后，有一位王子会来把她唤醒的。"

　　国王为了避免老仙女所说的不幸，马上下了一道圣旨，禁止任何人用纺锤纺线，家里也不得藏有纺锤，违者以死罪论处。

　　十五六年过去了。有一次，国王和王后到他们的别墅里去。有一天，年轻的公主在城堡里东奔西跑，从一间房子转到另一间房子，最后爬到城堡主塔上的一间小破屋里。那里有一位老婆婆独自一人正在用纺锤纺线。这位好心的老婆婆从来也没有听说过国王发布的禁止使用纺锤纺线的命令。

　　"你在干什么呢，我的好心的婆婆？"公主问道。

　　"我在纺线呀，我美丽的孩子。"老婆婆回答道，她并不知道这个女孩是谁。

　　"啊！多漂亮啊，"公主又说道，"你是怎么做出来的？把它给我，看我能不能纺得那么漂亮。"

由于公主从前没拿过纺锤，她又是那样迫不及待，加上有些冒冒失失的，更由于老仙女给她注定了这样的命运，她刺破了手，昏了过去。那位善良的老婆婆吓坏了，大喊救命。人们从四面八方跑来，往公主的脸上泼水，解开她的衣服，拍她的手掌，还用匈牙利王后的魔水擦她的太阳穴，但无论如何也不能使她苏醒过来。国王也闻声赶到，他想起仙女们的预言，断定这件事终

归要发生，因为仙女们已经预言过了。于是，他令人把公主送到最漂亮的房间里，放在一张金银刺绣的床上。大家都说公主像个天使，因为她是那样美丽，因为她的昏迷并没有削弱她生气勃勃的容颜：她的脸色红润，嘴唇像珊瑚一般。她只是闭着眼睛，但人们可以听见她轻轻的呼吸声，这表明她并没有死。国王下令让公主安息，直到她苏醒的那一时刻。

公主出事时，那位挽救了公主生命并让她沉睡一百年的善良的仙女正在离此地一万二千公里的马达干王国里，但她一下子就从一个小矮人那里得到了消息，这个小矮人穿着七里靴（穿了这种靴子，跨一步就可以走七里路）。仙女立即就动身了，乘着一辆火光闪闪的龙车，一个小时后就到了王宫。国王亲自前去扶她下车。她对国王所做的一切都表示同意，但她深谋远虑，她想到当公主醒来后发现城堡里只有她孤孤单单一个人时定会感到不安，于是她动手安排了。她用她的魔杖点过城堡里所有的人（国王和王后除外）：女官、宫娥、侍女、仆从、官员、膳食总管、厨师、帮厨、小厮、哨兵、门卫、年轻侍从、随从；她把马厩里的马也点了，还有马夫，饲养场里的大狗和公主的小狗布夫——它正躺在公主的床上，就在公主的身边。她点着他们的时候，他们全都睡过去了，他们将同他们的女主人一起苏醒，以便于当她需要他们时，可以随意差遣。就连火上烤着的串满了山鹑和野鸡的铁杆和炉火也都一起沉睡了。这一切都是在一眨眼工夫完成的。仙女们做事都是不费时间的。国王和王后吻了吻他们可爱的孩子，没把她弄醒，便出了城堡，并发布禁令，禁止任何人接近城堡。这些禁令是没有必要的，因为顷刻之间，花园周围长出了数不清的参天大树、小树，荆棘盘根错节，无论是动物还是人都不可能通过。于是，人们只看得见城堡的塔尖，而且要在很远的地方才能看见。人们毫不怀疑，这位仙女又施展了一次魔力。这样一来，公主在沉睡的时候就不必担心好奇的人们前来惊扰了。

一百年过去了。一位和沉睡的公主不属同一家族的国王的儿子到这一边来打猎，当他看见从大片的密林之上露出来的城堡的尖顶时，便打听那是怎么回事。每个人都把自己道听途说的话告诉他。有人说那是一个住着许多妖魔鬼怪的古老城堡；有人说是本地的所有巫师、巫婆在魔鬼的主持下举办巫魔夜会。而最普遍的说法是，城堡里住着一个妖怪，他把所有能抓到的小孩都带到那里，想吃就吃，只有他一个人能穿越树林，别人是没有办法追踪他的。王子不知道相信谁才对。这时，一个老农民发话了，对他说道：

"我的王子，五十多年前，我曾听我的父亲说过，这座城堡里住着一位公主，是世界上最美丽的公主。她必须在那里沉睡一百年，然后有一位国王的儿子把她叫醒，她是留给那位王子的。"

年轻的王子听了这些话后，感到热血沸腾，坚信自己能在这场妙不可言的历险中取得成功。他深受爱情和荣誉的驱使，决定立即到里面去探个究竟。他刚靠近树林，所有的大树和遍地的荆棘全都自动闪开，让他通过。他看见耸立在林荫大道尽头的那座城堡，便朝城堡走去。他感到有些奇怪的是，没有一个随从能跟他进来，因为他刚一经过，树林又自己合拢了。他继续前进：一个年轻而又钟情的男子总是勇往直前的。他走进一个宽敞的前院，首先映入眼帘的一切就足以使他毛骨悚然：到处是可怖的沉寂和死亡的景象，人和动物的身体横在地上，就像死了一样。然而，他从门卫那长着粉刺的鼻子和红扑扑的脸上看出他们只是在酣睡。他们的酒杯里还剩下几滴酒，说明他们是一边喝酒一边睡着了的。他穿过一个铺砌着大理石的大庭院，上了楼梯，走进卫兵大厅。卫兵们肩上扛着枪，整齐列队，酣声大作。他穿过许多房间，里面挤满了绅士和贵妇，他们全都呼呼大睡，一些人站着，一些人坐着。他走进一个金碧辉煌的房间，看到一幅他从未见过的美景：在一张帷幔掀开的床上，躺着一位十五六岁的公主，从她的身上闪现出来的夺目光华显得既明亮又圣洁。他战战兢兢地走了过去，欣赏着，在她的身旁跪了下来。于是，魔力消除了，公主苏醒过来，用初次见面时好像不常有的温柔目光看着他。

"是你吗，我的王子？"她说道，"我等得太久了。"

公主的这些话使王子听得入了迷，而她说话的方式更使他陶醉，让他不知道怎样表达他的喜悦与感激。他向公主保证，他爱她甚于爱他自己。他的话有些语无伦次，使她更加倾心：不必夸夸其谈，只要情投意合。他比她更窘迫，大家不必为此感到惊奇，因为她曾有那么长的时间去考虑那些准备对他说的话，因为那位善良的仙女很可能（虽然故事里没有提及）让公主在她漫长的睡眠中做过许多美丽的梦。他们互诉衷肠长达四个小时，而要说的话却连一半都没有说完。

这时，宫中所有的人都和公主同时醒了过来。每个人都想起了自己的职责。他们并不是人人都陶醉在爱情中的，他们感到饥

肠辘辘。宫女们和别的人一样急不可耐，高声对公主喊饭菜准备好了。王子扶公主起床。她穿着一身华丽的服饰，王子暗自寻思：她穿得像我的祖母一样漂亮，也是很高的皱领，但这丝毫也不影响她的美丽。他们步入一间四面都是镜子的大厅，在那里用餐，公主的仆从侍候在周围。小提琴和双簧管合奏着古曲，曲子优美动听，尽管将近一百年没有人演奏过它们。用完餐后没多久，大神甫在城堡的小教堂里为他们举行了婚礼，宫女为他们掀开床帷。他们几乎没有睡觉，公主不大需要睡眠。王子担心父亲牵挂，一大早就向公主告辞，回城去了。王子对他的父亲说，他打猎时在树林里迷了路，便睡在一个烧炭人的茅草屋里，吃烧炭人给他的黑面包和奶酪。他的父王是个善良的人，相信他所说的，但他的母亲却不大相信。她见他几乎每一天都要出去打猎，有时甚至两三天都在外面过夜，而且总是找一些借口为自己开脱，就更加怀疑他已经有个小情人了。他与公主在一起生活加起来已经不止两年了，他们生下了两个小孩，大的是女孩，名叫曙光；小的是男孩，名叫白昼，因为他看上去比他的姐姐更加俊美。王后为了套出儿子的心里话，三番五次要儿子考虑终身大事。但他从来不敢把自己的秘密告诉她，他很爱她，但也很怕她，因为她属于吃人妖魔种族，国王娶她只因为她家财万贯。宫廷里的人甚至低声议论她那吃人妖魔的癖性：她看见小孩走过时，会身不由己地扑向他们。因此，王子永远也不想向她透露一个字。但是，两年以后，国王死了，王子继承了王位。他公开宣布了他的婚事，以隆重的仪式把王后——他的妻子迎进宫中。她走在她的两个孩子中间，风风光光地进了京城。过了一些时候，国王出发去和邻国康达拉布特皇帝打仗。他把他的王国交给母后管理，把他的妻子和两个孩子也托付给她，因为他整个夏天都要驰骋疆场。国王一走，太后就将儿媳和她的孩子送到树林中的一个村舍里，这样她就能更随便地满足自己可怕的欲望。几天之后，她也去了那里。一天晚上，她对她的膳食总管说：

"我明天要把小曙光当晚餐吃。"

"啊！夫人。"膳食总管说道。

"我想吃，"太后说道（她用的是食人妖魔看见鲜肉时那种馋涎欲滴的口气），"我想把她用乳酱蘸着吃。"

这个可怜的人心里很明白，跟一个食人妖魔是玩不得的，便操起大刀，登上小曙光的房间。她当时才四岁，见他来了，便一蹦一跳地笑盈盈地迎了上去，攀住他的脖子，向他要糖果吃。他开始掉眼泪了，刀从他的手中落了下去。他走进饲养场，宰了一头小绵羊，配上美味的酱料，以致他的主人肯定地说，她还从来没有尝过如此鲜美的东西。与此同时，他把小曙光带回家交给他的妻子，把她藏在饲养场尽头的一个小屋子里。一个星期以后，可恶的太后又对她的膳食总管说：

"我想把小白昼当夜宵吃。"

他什么也没说，决定像第一次一样蒙骗她。他找到小白昼，发现他手里拿着一把小花剑正与一只大猴子搏斗，他那时才三岁呢。他把小白昼带到妻子那里，妻子则把他与小曙光藏在一起。

然后，他杀了一只很幼嫩的小山羊代替小白昼，食人妖魔吃了以后赞不绝口。

一切都平安无事。但是，一天晚上，那歹毒的太后又对膳食总管说：

"我想把王后也吃了，要用吃她孩子时的那种酱料。"

这一次，可怜的膳食总管感到绝望了，不知道怎么骗过她。年轻的王后已经过了二十岁，这还不算她沉睡的那一百年，尽管她的皮肤依然美丽、白皙，但已经有些粗糙了。怎样才能从动物园里找到一只皮肤跟她一样的动物来代替她呢？为了保全自己的性命，他决定把王后杀死。他握着刀，横下一条心，气势汹汹地冲进年轻王后的房间。他并不想突然下手，而是毕恭毕敬地把太后下达给他的命令告诉她。

"履行你的职责吧，"她说着把脖子伸了过去，"执行她下达给你的命令吧。我可以再见到我的孩子们，我是多么爱他们啊！"

她以为她的两个孩子已经死了，因为别人把他们带走以后，什么话也没跟她说。

"不，不，夫人，"可怜的膳食总管百感交集地说道，"你不会死的，你不用到别的什么地方去见你亲爱的孩子们，我把他们藏在了我家里，我将再欺骗太后一次，让她吃一头母鹿来代替你。"

他马上就把她带到自己家里，让她跟孩子们一起抱头痛哭。他跑出去煮了一只母鹿，让太后晚餐的时候吃，她像吃王后的肉一样吃得津津有味。她对自己的残暴非常满意，准备等国王回来后，告诉他王后和两个孩子被几只凶恶的豺狼吃掉了。

一天晚上，她像往常一样在宫中的庭院和饲养场里游荡，想嗅一嗅哪里有生人肉的气味。她听见从一间小矮屋中传来小白昼的哭叫声，他的母后因为他淘气想揍他一顿；她还听见小曙光为她的弟弟求饶的声音。这个食人妖魔分辨出是王后和她的两个孩子的声音，知道自己受骗后，勃然大怒。第二天一大早，她就用令人恐怖的声音发布一道命令，叫所有的人都胆战心惊。她令人把一只大木桶搬到院子中间，里面放满了癞蛤蟆、蝰蛇、游蛇和别的蛇，准备把王后、王后的孩子们、膳食总管、总管的妻子和奴仆全都扔进桶里。她下令把他们反绑着双手押过来。他们都被带到桶边，刽子手正准备把他们丢进木桶时，国王——人们没料到他这么早就回来——骑马进了宫。他是回来视察的。他看到这一幕可怖的情景，非常吃惊，忙问这是怎么回事。谁也不敢把真情告诉他。食人妖魔见此情景，十分震怒，自己纵身跳进了木桶，一眨眼工夫，她就被那些她先前让人放进去的可怕的动物吞噬了。国王不禁悲从中来，她毕竟是他的母亲。不过，他和他美丽的妻子和孩子们在一起很快就得到了安慰。

（金龙格　译）

小 红 帽

从前有一个乡下小姑娘，长得非常漂亮，人们很少能见到那么漂亮的小姑娘。她的妈妈爱她都爱疯了，她的姥姥更是视她为掌上明珠。这位善良的女人让人为她做了一顶小红帽，她戴着特别合适，所以无论她走到哪里，大家都管她叫小红帽。

一天，小红帽的妈妈做了一些糕饼，对她说道：

"去看看你的姥姥身体好些了没有，因为有人告诉我说她生病了。把这块糕饼和这一小罐黄油送给她。"

小红帽马上动身去她的姥姥家，姥姥住在另一个村子里。她从树林里经过时，遇到了狼。狼很想把她给吃了，但又没那么大的胆子，因为树林里有不少伐木工。狼问她到哪里去，这个可怜的小红帽不知道停下来听狼说话是多么危险的行为，她对狼说：

"我去看望我的姥姥，把我妈妈送给她的一块糕饼和一小罐黄油带给她。"

"她住得远吗？"狼问她。

"噢！是的，"小红帽说道，"你看见那座磨坊了吗？她就住在磨坊的那一边，村子的第一间房子就是她的家。"

"好吧！"狼说道，"我也想去看她。我从这一条路走，你从那一条路走，看看我们俩谁最先到那里。"

狼拼命跑了起来，那是最近的一条路；小姑娘走的则是最长的一条路。她边走边摘榛子，追赶蝴蝶，从路边采了许多小花。

狼没用多少时间就来到小红帽的姥姥家。狼在敲门，"咚！咚！"

"谁呀？"

"是您的外孙女小红帽呀。我给您送糕饼和一小罐黄油来了，是我妈妈给您的。"狼模仿小红帽的声音说道。

这位善良的姥姥身体有些不舒服，正躺在床上，她喊道：

"拉一下门栓，门就开了。"

狼拉开门栓，门开了。它扑向这位善良的妇人，没费多大力气就把她吞进了肚子里，因为它已经有三天没吃东西了。然后，它关上门，跑过去睡在姥姥的床上，等候小红帽。过了一段时间，小红帽到了，开始敲门，"咚！咚！"

"谁呀？"

小红帽听见狼粗声粗气的说话声，开始有些害怕，但她误以为她姥姥感冒了，便回答道：

"是您的外孙女小红帽呀，我给您送糕饼和一小罐黄油来了，是我妈妈给您的。"

狼用稍微柔和一些的声音对她喊道：

"拉一下门栓，门就开了。"

小红帽拉开门栓，门开了。狼看见她进来，便躲在被子下面说道：

"把糕饼和黄油放在木箱上，到床上来跟我一起睡觉。"

小红帽脱掉衣服，准备上床。她看见姥姥不穿衣服时的那副样子，感到十分吃惊。她说道：

"姥姥，您的手臂可真长啊！"

"这是为了更好地拥抱你呀，我的孩子。"

"姥姥，您的腿可真长啊！"

"这是为了更好地跟你一起跑呀，我的孩子。"

"姥姥，您的耳朵可真大啊！"

"这是为了更好地听你说话呀，我的孩子。"

"姥姥，您的眼睛可真大啊！"

"这是为了更好地看你呀，我的孩子。"

"姥姥，您的牙齿可真长啊！"

"这是为了吃掉你。"

说完，这只凶恶的狼扑向小红帽，把她吃掉了。

（金龙格　译）

蓝 胡 子

从前有一个人，他在城里和乡下拥有许多漂亮的房子，还拥有各种各样的金银餐具、镶了刺绣的家具和金光耀眼的华丽马车。可不幸的是，这个人长着一脸蓝色的大胡子，这蓝胡子把他变得既丑陋又可怕，无论是妇女还是姑娘，一见到他就立即逃之夭夭。

他的女邻居中，有一位品德高尚的夫人，她养了两个美丽绝伦的女儿。他对这位夫人说，他想向其中的一个女儿求婚，至于把哪一个女儿嫁给他则可由夫人自己定。两个女儿谁也不愿意，她们推三推四，说什么也不肯嫁给一个长着蓝胡子的男人。更让她们觉得可恶的是，这个男人已经娶过很多妻子，大家都不清楚他那些妻子怎么样了。

为了结识这两个女孩，蓝胡子把她们、她们的母亲、她们的三四位最要好的朋友以及附近的几个年轻人，一起带到乡下的一幢别墅里，在那里住了整整一个星期。他们在那里散步、打猎、钓鱼、跳舞、设宴、吃点心，没日没夜、通宵达旦地娱乐。最后，事情进展得非常顺利，妹妹开始觉得别墅主人的胡子已经不那么蓝了，并且觉得他是一个非常诚实的人。一回到城里，他们俩就成婚了。

一个月后，蓝胡子对他的妻子说，他为了一件非常重要的事情，不得不到外省去做一次旅行，至少要出去六个星期。他同

意，当他不在家的时候，她可以随意玩乐，可以把她的好朋友请来，愿意的话可以把她们带到乡下，无论到哪里都可以享用上等的佳肴。

"这是那两间大的家具储藏室的钥匙，"他对她说道，"这是平常不大用得上的金银餐具柜的钥匙，这是放我的金子、银子的保险箱的钥匙，还有放宝石的首饰箱的钥匙。这一把是开所有房间的万能钥匙。你可以打开所有的地方，进入所有的地方，但不许你到那个小房间去。我禁止你这么做，如果你把它打开，等候你的将是我的怒火，没有别的。"

她答应不折不扣地遵照他的吩咐去做。他与她吻别后，登上马车，出发旅行去了。

她的邻居和女友不等别人去请她们，就迫不及待地来到年轻的新娘家中，急切地想见识一下她家里所有的富丽堂皇的陈设。新娘的丈夫在家的时候，她们害怕他的蓝胡子，不敢上门来。他一出门，她们就一窝蜂地冲进那些卧室、工作间和衣帽间，这些屋子一间比一间漂亮，一间比一间豪华。接着，她们爬上了家具储藏室，映入眼帘的是数不尽的精美的地毯、床铺、沙发、珍品收藏橱、独脚小圆桌、方桌以及能把人从头到脚都照到的大镜子，这些镜子有的镶着玻璃边，有的镶着银边，还有一些镶了镀金的边，令人目不暇接。她们赞不绝口地夸大、羡慕她们的这位朋友的幸福，但她对欣赏这些财富并没有多大的热情，只是迫不及待地想去把地下室的小房间打开。

她受到好奇心的驱使，也不管失不失礼，就离开她的同伴们，急急忙忙地从一个小暗梯走下去，好几次差点摔断脖子。

她到达小房间的门前，停了片刻，想起了她的丈夫给她下的禁令。她想，如果违反丈夫的禁令，势必会给自己招来横祸。但她的欲望太强烈了，使她无法克制。于是，她拿出那把小钥匙，全身发抖地打开了那个小房间的门。一开始，她什么也看不见，因为窗户是关着的。过了片刻，她慢慢看清地板上沾满了血迹，血迹上面倒映出几具被捆在墙边的女人的尸体（她们都是蓝胡子娶来的妻子，后来一个接一个地被他杀死了）。

她怕得要死，刚从锁孔里抽出来的那把钥匙从她的手里滑落下来，掉在了地上。她定了定神，捡起钥匙，重新把门锁上，上楼走进卧室，想整理一下思绪，但她太激动了，心情怎么也平静不下来。她发现小房间的钥匙沾满了血迹，擦了好几次还是擦不掉，甚至用沙土也无法磨掉血迹。血迹依旧留在上面，因为这把钥匙具有魔力，无论用什么方法都不能把它彻底擦干净：擦掉这一边的血迹，它又会从另一边冒出来。

蓝胡子当天晚上就旅行回来了。他说他半路上接到几封信，信上说他准备去做的那件事情已经圆满完成了。他的妻子竭尽所能向他表明，他那么快回来令她非常兴奋。

第二天，他问她要钥匙。她把钥匙交给他时，手哆嗦得厉害。他毫不费劲就猜到所发生的一切。

"小房间的那把钥匙到哪里去了？"他问道，"为什么不同这些钥匙放在一起？"

"我一定是把它放在楼上的桌子上了。"

"快去把它拿下来给我。"蓝胡子说道。

她一再拖延，最后不得不把钥匙拿了下来。蓝胡子看了一下钥匙，对她说道：

"钥匙上为什么有血迹？"

"我什么也不知道。"这个可怜的女人说道，她的脸色刷白，就像死人一样。

"你什么也不知道，"蓝胡子说道，"我倒是知道得很清楚。你想进那个小房间！那好，夫人，你就进去吧！到你看见的那些女人身边去找你的位置吧！"

她"扑通"一声跪在他的脚下，失声痛哭起来，求他饶恕自己。那是一个没有听从丈夫的女人的真心悔过。她是那样的美丽，又是那样的悲伤，石头见了也会动心的，但蓝胡子的心比石头还要硬。

"夫人，你非死不可，而且马上就死。"他对她说道。

"既然我非死不可，"她眼泪汪汪地望着他说道，"那就给我一点时间让我向上帝祈祷吧。"

"我给你半刻钟时间，"蓝胡子说道，"多一秒钟也不行。"

只剩下她一个人的时候，她把她的姐姐叫了过来，对她说道：

"我的安娜姐姐（这是她姐姐的名字），请你爬到塔楼顶上去，看看我的哥哥们过来了没有。他们答应今天来看我。如果你看见他们，就给他们打手势让他们快点过来。"

安娜姐姐登上塔楼顶，既可怜又伤心的妹妹时不时地大声问她：

"安娜，我的安娜姐姐，你没看见有什么人过来吗？"

安娜姐姐回答道：

"我只看见阳光照出浮尘，青草披着绿装。"

与此同时，蓝胡子挥舞着一把大刀，朝他的妻子大声吼道：

"快给我滚下来，否则我就冲上去了！"

"请你再给一些时间。"他的妻子一边回答，一边低声对她的姐姐说道：

"安娜，我的安娜姐姐，你没看见有什么人过来吗？"

安娜姐姐回答道：

"我只看见阳光照出浮尘，青草披着绿装。"

"快给我滚下来，否则我就冲上去了！"蓝胡子又吼道。

"我来了。"他的妻子回答道。紧接着，她又问道：

"安娜，我的安娜姐姐，你没看见有什么人过来吗？"

"我看见远处尘土飞扬。"安娜姐姐回答道。

"是我的哥哥们吗？"

"哎呀！不是他们，我的妹妹，那是一群绵羊。"

"你不愿意下来吗？"蓝胡子吼道。

"马上就下来。"他的妻子回答道。紧接着，她又问道：

"安娜，我的安娜姐姐，你没看见有什么人过来吗？"

"我看见两名骑士向这边跑过来，可他们离这里还很远。谢天谢地，"片刻之后，她喊道，"是我们的兄弟，我尽可能地给他们打手势，让他们快点过来。"

蓝胡子开始狂呼乱叫，把整座房子都震动了。这个可怜的女人走下楼，跪在他的脚边，披头散发，泪如雨下。

"没有用了，"蓝胡子说道，"你非死不可。"

说完，他一只手揪住她的头发，一只手把大刀举在空中，准备向她的脑袋砍下去。可怜的妻子朝他扬起头，用呆滞的目光看着他，求他再让她默思片刻。

"不行，不行，"他说道，"你求上帝去吧！……"

就在这个时候，有人狠狠地撞门，蓝胡子立即停了下来。门开了，与此同时，两名骑士手执长剑，直冲蓝胡子而来。他认出这是他妻子的两个兄弟，一个是龙骑兵，一个是火枪手。为了保住性命，他撒腿就跑，但两个骑士紧追不舍。他还没有跨出门前的台阶，就被他们逮住了。他们把利剑刺进他的胸膛，让他魂归西天。

可怜的妻子像她丈夫一样也差点昏死过去，她连站起来拥抱两个哥哥的力气都没有。蓝胡子没有任何继承人，所以他的妻子理所当然地成了他所有财产的主人。她拿出一部分钱，用于安娜姐姐和一名与她相爱了很长时间的年轻绅士结婚的开销，用一部分钱为她的两个哥哥买了官衔，剩下的钱则留给自己和一位非常老实的男子结婚，这位男子让她忘记了她与蓝胡子一起度过的可怕的时光。

（金龙格　译）

穿靴子的猫

　　一位磨坊主给他的三个儿子留下的全部财产只有一盘磨、一头驴子和一只猫。他们马上就把这些东西给分了，既没有请公证人，也没有找代理人，因为这些人一出现，马上就会把这点可怜的财产全都侵吞掉。大哥分得了石磨，二哥得到了驴子，最小的弟弟则分到了那只猫。

　　小弟弟拿到一份如此可怜的财产，心里特别难过。

　　"两个哥哥要是合伙干，就很容易谋生了。"他说道，"可我呢，就算我把猫吃掉，用猫皮做一只手笼，到最后我还是要饿死的。"

　　猫听了这些话，却佯装没听见。它庄重认真地对它的主人说道：

　　"你犯不着愁眉苦脸的，我的主人。你只需要给我准备一只袋子，再让人给我做一双能从荆棘丛中走过的靴子，你就会发现你分得的这份财产并不像你认为的那么糟糕。"

　　猫的主人虽然不大相信它说的话，但他看见它在捉大老鼠、小老鼠的时候，诡计多端、招术很灵，它能用脚把身子倒挂起来，或者躲在面粉里装死，所以并没有绝望，他想这只猫会帮他走出困境的。

　　猫拿到了它所要的那些东西。它勇敢地穿上靴子，把袋子挂在脖子上，用两只前爪抓住袋口的绳索，跑进了一个兔子成群的树林里。它在袋子里放了一些麸皮和菜叶，然后躺在地上，就像死了一样，等候那些年幼无知、尚不知道这个世界上还有狡诈的兔子自己钻进口袋里，吃预先放在里面的东西。

　　它刚一躺下，就有了令它满意的收获：一只冒冒失失的幼兔钻进了它的口袋。猫立即把绳子收紧，毫不留情地把它勒死了。它非常自豪地拿着它的猎物，跑到国王家里，要求和他说话。侍从把它带到国王的房间。它走了进去，向国王行了一个大的屈膝礼，对他说道：

　　"陛下，这只兔子是我的主人卡拉巴侯爵（这是他随便为主人取的名字）让我代他进贡给您的。"

　　"告诉你的主人，"国王回答道，"我谢谢他，他送的礼物使我很高兴。"

　　第二次，它躲进了麦田里，张开口袋。当两只鹧鸪闯进口袋时，它收紧口袋，把它们双双捕获。然后，它又像上次送兔子那样把它们献给了国王。国王欣然收下了两只鹧鸪，还给了它许多赏钱。

　　就这样，在两三个月中，猫接二连三地以它主人的名义向国王进贡猎物。

　　有一天，它得知国王要带他的女儿——世界上最美丽的公主——到河边散步，它就对主人说：

"如果你按我的建议去做，你就会走红运。你只要到那条河里我给你指定的地方去洗澡就行了，别的事我会替你操办的。"

卡拉巴侯爵照着猫的吩咐去做了，心里却闹不明白这样做到底有什么用。他在河里洗澡的时候，国王从河边经过，那只猫就声嘶力竭地喊了起来：

"救命啊！救命啊！卡拉巴侯爵先生快要淹死了！"

国王听见叫喊声，从车帘里面探出脑袋，认出了那只经常给

他送野味的猫。他命令他的卫兵赶去营救卡拉巴侯爵。

当卫兵们把可怜的卡拉巴侯爵从水中救上来时，猫走到马车旁边，对国王说，它的主人洗澡的时候，来了一帮小偷，尽管它冲着小偷大喊大叫，主人的衣服还是被他们偷走了。其实，这个捣蛋鬼把它主人的衣服藏到一块大石头底下去了。

国王立即命令管衣服的侍从从他的衣服中挑一套最漂亮的给卡拉巴侯爵先生。

国王对他万般友好。他穿上侍从们刚送来的华丽服装，显得更加漂亮了（他原本就很英俊），国王的女儿对他一见倾心，而卡拉巴侯爵恭恭敬敬、充满柔情地朝她看了两三眼后，她更是如痴如狂地爱上了他。

国王想请侯爵坐他的马车，一起去散步。猫看到它的计划快要成功了，显得特别兴奋。它在前面开道，遇上一些农民在草地上割草，就对他们说：

"割草的善良的百姓们，如果你们不跟国王说你们割的这片草地属于卡拉巴侯爵，你们就会被砍成碎片的。"

国王没有忘记询问割草的人这片草地是谁的。

"是卡拉巴侯爵先生的。"他们异口同声地说道，因为他们被猫的话吓住了。

"你的这份产业可真漂亮啊！"国王对卡拉巴侯爵说道。

"是的，陛下，"侯爵答道，"这片草地年年丰收。"

猫一直走在前面，碰到许多割麦的人，便对他们说道：

"割麦子的善良的百姓们，如果你们不说所有的麦子都属于卡拉巴侯爵先生，你们就会被砍成碎片的。"

没过多久，国王的马车从这里经过，他很想知道这些麦子是什么人的。

"是卡拉巴侯爵先生的。"割麦子的人们说道。

猫一直走在马车的前头，不论它碰到什么样的人，都说着同样的话。国王对卡拉巴侯爵所拥有的巨额财富惊叹不已。

最后，一行人来到一座漂亮的小城堡面前。城堡的主人是个腰缠万贯的食人妖魔，因为国王一路经过的所有土地都属于他。猫仔细打听了这个食人妖魔是什么人，有什么本领，然后要求与他说话。理由是都从他的门前经过了，如果不进去拜访一下，就显得不大礼貌。

食人妖魔尽可能彬彬有礼地接待了它，让它休息一会儿。

"有人十分肯定地对我说，"猫说道，"您有把自己变成各种动物的本领，比如变成一只狮子或一头大象，是不是这样？"

"是真的，"食人妖魔生硬地说道，"为了向你证明这一点，你马上就会看见我变成一只狮子。"

猫看见面前站着一只狮子，十分惊慌，赶紧跳上屋檐，这可费了一番工夫，而且十分惊险，因为它的脚上穿着靴子，走在瓦上非常吃力。

过了片刻，猫看见食人妖魔恢复了原形，便从屋檐上跳了下来，它承认自己非常害怕。

"还有人十分肯定地告诉我，"猫说道，"您还能变成很小很小的动物，比如变成一只小老鼠，一只小耗子，但我不大相信。说老实话，我认为这是绝对不可能的。"

"不可能？"食人妖魔说道，"那你等着瞧吧！"

说完，他立即变成一只小耗子，在地板上跑了起来。

猫见到耗子，立即扑了上去，一张口就把它吃进了肚子里。

这时，国王从这里经过，看见食人妖魔这座美丽的城堡，很想进去参观一下。猫听见马车经过吊桥的辘辘声，就迎上前去，对国王说道：

"欢迎陛下大驾光临卡拉巴侯爵先生的城堡。"

"怎么！侯爵先生，"国王惊叫道，"这座城堡也是你的呀！再也不可能有比这个庭院以及庭院周围的所有建筑更美的了！让我们进去看看吧！"

国王捷足先登，侯爵扶着年轻的公主，跟在国王后面，走进一个大厅，那里已经摆好丰盛的筵席，这原本是食人妖魔为他的朋友们准备的。那些朋友本该当天就来，但一听说国王在里面，都没敢进去。

国王对卡拉巴侯爵先生的人品十分赞赏，又见他拥有大量的财富，再加上他的女儿已经疯狂地爱上了侯爵，所以五六杯酒下肚后，他对侯爵说道：

"只要你同意，侯爵先生，你就可以成为我的女婿。"

侯爵深深地行了一个屈膝礼，荣幸地接受了国王给他的恩典，当天就与公主喜结良缘。

从此，猫变成了大老爷，它再也不去捉老鼠了，即使偶尔捉一下，那也只是为了自得其乐而已。

（金龙格　译）

仙　女

　　从前有一个寡妇，养了两个女儿。大女儿无论是从长相还是从性格上看，都特别像她母亲，母女俩就像是一个模子里倒出来的一样。她们俩太自命不凡、太令人不快，因此没有人愿意跟她们俩在一起生活。小女儿却长得像她死去的父亲，既温柔又诚实，是人们见过的最漂亮的姑娘之一。

　　人们自然而然地喜欢长得像自己的孩子，所以这位母亲视她的大女儿为掌上明珠，对她的小女儿则恨之入骨。她让小女儿在厨房里吃饭，什么活都让她干，忙得没有停下来的时候。

　　这个孩子还必须挤出时间，到离家半里远的地方去汲水，每天两次，每一次都要扛回满满一大罐水。

　　有一天，她在井边汲水的时候，一个可怜的妇人走过来向她要水喝。

　　"好的，我善良的大妈。"这个美丽的女孩说道。

　　说完，她立即把水罐冲洗干净，从水井最清澈的地方装了一些水，端到她面前，并且一直托着罐底，好让她喝得更舒服一些。

　　这位善良的妇人喝完水后，对她说道：

　　"你是那么美丽，那么善良，那么诚实，所以我忍不住要送你一份礼物。"（这是一位仙女，她扮成可怜的村妇，想看看这个年轻的姑娘到底有多么善良。）

"我要赋予你一样本领，"仙女接着说道，"你每说一句话，嘴里都会吐出一朵鲜花，或者一块宝石。"

这位美丽的女孩刚回到家，就遭到母亲一顿责骂，因为她回来晚了。

"请您原谅，我的母亲，"这个可怜的女儿说道，"原谅我过了那么久才回家。"

她说这几句话的同时，从嘴里跑出两朵玫瑰花、两粒珍珠和两颗钻石。

"我看见什么啦！"她的母亲十分吃惊地说道，"我相信从她嘴里跑出来的是珍珠和钻石。这是从哪里来的，我的女儿？"（这是她第一次称她为女儿。）

这个可怜的孩子天真地把遇到的事情全都讲了出来，与此同时，钻石也源源不断地从她嘴里往外跑。

"是真的，"母亲说道，"我应该把我的女儿派到那里去。喂，芳雄，你瞧你妹妹说话时从她嘴里跑出来的是什么东西，你不想拥有同样的本领吗？你只要到井边去汲水就行了，当一位可怜的妇人向你讨水喝的时候，你就真诚地给她水喝。"

"真是新鲜事，"大女儿粗暴地说道，"竟然要我去井边。"

"我希望你去，马上就去。"母亲说道。

她还是去了，但嘴里一直在抱怨。她拿走了家里最漂亮的银瓶。她刚走到井边，就看见从树林里走出一位衣着华丽的贵妇，走过来向她要水喝。这位贵妇就是先前出现在她妹妹身边的那位仙女，只是又换了一副形象，穿上了公主的服装，主要是想看看这个女孩到底有多坏。

"我到这里来，"粗暴的女孩傲气十足地对她说道，"是不是拿水给你喝？我特意拿了一只银瓶过来打水给夫人喝！请你自己喝吧，我没意见。"

"你一点也不诚实,"仙女心平气和地说道,"好吧!既然你那么不客气,我就送你一样本领吧,你每说一句话,都会从你嘴巴里钻出一条蛇,或者一只癞蛤蟆。"

她的母亲一看到她,就朝她喊道:

"喂,我的女儿!"

"喂,我的妈妈!"这个骄横的女儿答话的时候,从她嘴里钻出两条蝰蛇和两只癞蛤蟆。

"噢,天哪!"她母亲喊道,"我看见什么啦?她的妹妹是罪魁祸首,她会为此付出代价的。"

说完,她就跑过去打她的小女儿。可怜的孩子没命地跑,逃进了附近的树林中。一位国王的儿子打猎归来,遇见了她,见她那么美丽,便询问她独自在那里干什么,为什么哭泣。

"唉!先生,是我的母亲把我从家里赶出来了。"

国王的儿子看见从她的嘴里吐出五六颗珍珠和同样多的钻石,便请她告诉他珍珠和钻石是从哪里来的。她把自己的奇遇从头到尾地讲一遍。

王子对她产生了爱慕之情。他认为,在婚姻中,她的这种才能比其他所有的东西都更加可贵。于是,他把女孩带到父亲的王宫中,并娶她为妻。只因为她的姐姐,她遭到憎恨,被自己的亲生母亲赶出了家门;至于她那位倒霉的姐姐,虽四处奔走,却都没有人肯要她,最后死在一个树林的角落里。

(金龙格　译)

灰 姑 娘

　　从前有一位绅士，第二次结婚时娶了一个人们从未见过的最高傲、最自命不凡的女人。她带来的两个女儿也继承了她的秉性，什么地方都像她。她的丈夫与前妻生过一个女儿，这个女儿很年轻，她的温柔与善良盖世无双，这是她死去的母亲遗传给她的，她的母亲是世界上最好的女人。

　　婚后不久，这位继母的臭脾气就犯了，她忍受不了这个年轻姑娘的善良品德，因为这品德使她的两个女儿相形见绌，显得更加可恶。她把家里最脏最累的活儿都派给这个女儿做，既要洗餐具，又要擦洗夫人和她的两位千金小姐的房间。她睡在屋子最顶头的一间阁楼里，那里铺着一张令人讨厌的草褥，而她的两个姐姐则住在镶了木地板的房间里，她们的床铺是最时髦的，镜子大得可以从头照到脚。这个可怜的姑娘耐心地忍受着一切，不敢向父亲抱怨；倘若抱怨想必父亲只会把她臭骂一顿的，因为他完全听凭妻子的摆布。

　　她干活的时候，总要走到壁炉的角落里，坐在炉灰上面，因此全家人通常叫她黑鬼。二姐没有大姐那么坏，叫她灰姑娘。然而，尽管她穿着丑陋、破旧的衣服，却仍比两个姐姐漂亮几百倍，虽然她们都穿着特别华丽的服装。

　　这时，国王的儿子准备举办舞会，王子邀请了所有品德高尚的女子参加，我们的两位小姐也接到了邀请，因为她们在本地经

常抛头露面。她们立即兴致勃勃地忙着挑选衣服和最适合她们的帽子。灰姑娘又开始劳累了，因为她必须为两个姐姐熨衣服，为她们的衣服袖口打褶，舞会上大家只会谈论穿着打扮。

"我吗，"大姐说道，"我要穿上我那套红色天鹅绒服，配上英国制造的装饰品。"

"我只有一条式样普通的裙子，"二姐说道，"但我会套上那件镶了金花的披风，戴上钻石项链，这样可以显得与众不同。"

她们派人去找最好的理发师，戴上圆锥形帽子，买来一流技师制作的假痣。她们把灰姑娘叫来，想征询她的意见，因为她具有非凡的鉴赏力。灰姑娘把最好的建议都给了她们，甚至亲自为她们梳妆，这是她们求之不得的。灰姑娘帮她们梳头的时候，她们问她：

"灰姑娘，如果让你去参加舞会，你会高兴吗？"

"唉！小姐们，你们别取笑我了，我要去的不是那种地方。"

"你说的有道理，当人们看见一个黑鬼去参加舞会时，他们一定会笑掉大牙的。"

要是换了别人，那一定会故意把她们的头发梳得乱七八糟的，但灰姑娘心地善良，为她们梳出的发型漂亮极了。

她们差不多两天没有吃饭，因为她们太高兴了，吃不下东西。她们为了使身材更苗条，束腰时弄断了不止一打腰带。她们一天到晚站在镜子前面，不愿走开。

幸福的日子终于来到了，她们出发了。

灰姑娘久久地目送着她们，直到看不见为止。这时，她哭了。她的教母见她眼泪汪汪的样子，便询问她发生了什么事。

"我好想……我好想……"她泣不成声。

她的教母是个仙女，对她说道：

"你很想去参加舞会，是不是？"

"唉，是的。"灰姑娘叹气地说道。

"那么，你是个好姑娘吗？"她的教母说道，"我会帮你去那里的。"

教母把她带回自己的房间，对她说道：

"你去菜园里摘一个南瓜回来。"

灰姑娘立即跑到菜园里，把她所能找到的最漂亮的那个南瓜摘了下来，拿给教母，但她猜不透这个南瓜如何能让她去参加舞会。教母把南瓜挖空，只留下外壳，然后用魔杖一敲，南瓜立即变成一辆金光闪闪的华丽马车。接着，她走到捕鼠器旁，看见里面有六只活蹦乱跳的老鼠。她叫灰姑娘稍微拉起捕鼠器的活板门，每钻出一只老鼠，她都用魔杖敲一下，眨眼间老鼠就变成了漂亮的骏马。六匹身上带白色斑点的漂亮的灰马用来套车真是美极了。当她不知道用什么做马车夫时，灰姑娘说道：

"我去看看那只大捕鼠器里有没有老鼠，如果有的话，就用它来做马车夫。"

"好主意，"她的教母说道，"去看看吧！"

灰姑娘把大捕鼠器搬了过来，里面有三只肥硕的老鼠。仙女

从三只老鼠里挑出一只长着大胡子的，用魔杖碰了它一下，老鼠立即变成了肥胖的马车夫，长着非常罕见的漂亮胡子。

接着，仙女又对她说道：

"你到菜园里去一下，喷水壶后面有六只蜥蜴，你把它们捉过来给我。"

她刚把蜥蜴抓过来，教母就把它们变成六个侍从。他们身着花边服装，立即从马车后面登上马车，坐在上面，仿佛他们从来就是干这一行的。

于是，仙女对灰姑娘说道：

"好了，参加舞会所须的东西都准备好了，你怎么还不高兴呀？"

"是的，但是难道我就穿着这样一身难看的衣服去参加舞会吗？"

她的教母只是用魔杖点了一下她，她的衣服立即变成了镶满珠宝和金银丝线的呢料服装。接着，教母又送给她一双世界上最漂亮的水晶拖鞋。当她打扮完毕，立即登上马车。但她的教母再三叮嘱她，跳舞千万不能超过午夜，在舞会上哪怕拖延几分钟，她的马车也会变回南瓜，马也会变回老鼠，侍从会变回蜥蜴，她的衣服也会变成原来的模样。她答应教母午夜以前一定赶回来。

她出发了，兴奋得难以形容。王子听说一位大家都不认识的公主大驾光临，立即跑去迎接。他扶她走下马车，将她带到众人聚集的大厅。大厅里一下子鸦雀无声，人们停止跳舞，小提琴也停止奏乐，所有的人都目不转睛地注视着这位美丽绝伦的陌生女子。只听得见嘈杂的喊喳声：

"啊！她长得多美呀！"

国王虽然老了，但也不错过看这位美人的机会。他还悄悄地对王后说，他已经很长时间没见过如此美丽、如此可爱的女子了。所有的贵妇也聚精会神地盯着她的发型和服饰，想必第二天就会有与她同样的发型和衣服出现了，但愿能找到同样漂亮的布料和同样手巧的裁缝！

王子把最好的位子让给她坐，然后邀请她跳舞。她的舞姿优雅极了，让人赞叹不已。侍从端上来一份特别美味可口的点心，但年轻的王子一点都没吃，他目不转睛地凝视着她，顾不上别的。她走到她的两个姐姐身边坐了下来，对她们特别客气，跟她们一起分吃王子送给她的橘子和柠檬，这让她们惊叹不已，因为

她们压根儿认不出她是谁。她们一起交谈的时候，灰姑娘突然听见钟敲十一点三刻。她立即朝众人行了一个大的屈膝礼，然后飞也似的跑了。

她一回到家就去找她的教母，向她表示感谢，对她说她第二天还想去跳舞，因为国王的儿子邀请过她。正当她滔滔不绝地把舞会上发生的所有事情一五一十地讲给她的教母听时，她的两个姐姐敲门了。灰姑娘走过去给她们开门。

"你们跳了那么久才回来呀！"她打着哈欠，揉揉眼睛，伸伸懒腰，就像是刚刚睡醒一样。她们走后，她却一点睡意都没有。

"假如你参加了舞会，"其中一个姐姐对她说道，"你就不会心烦。一位最美丽的公主也去了，人们还从未见过那么美丽的公主呢！她对我们也特别客气，还送橘子和柠檬给我们吃呢。"

灰姑娘心里特别高兴。她向她们打听这位公主的名字，但她们对她说，没有人认识她，为此王子心急如焚，他不惜一切代价也要知道她是谁。灰姑娘微笑着对她们说道：

"她真的很漂亮吗？我的天哪，你们是多么幸福啊！我不能去看一眼吗？唉！雅沃特小姐，请你把你整天穿的那件黄衣服借给我穿一下。"

"天哪，"雅沃特小姐说道，"想得倒美！把我的衣服借给这样一个脏兮兮的黑鬼，除非我疯了。"

灰姑娘等着她们拒绝，因为如果她的姐姐真愿意把衣服借给她，她反而会不知所措。

第二天，两个姐姐去参加舞会，灰姑娘也去了，但她打扮得比前一天还要漂亮。国王的儿子一直与她形影不离，甜言蜜语不断，使这位年轻的小姐忘记了一切烦恼，忘记了她的教母的嘱咐。所以，深夜的钟声才敲了第一下时，她绝不相信才到了十一点钟。她突然起身，像一只小鹿一样轻捷地逃走了。王子跟着追了出去，但没能把她拉住。慌忙之中，她丢失了一只水晶拖鞋，王子小心翼翼地把它拾了起来。

灰姑娘上气不接下气地跑回家里，没有马车，没有侍从，穿着令人讨厌的衣服，先前那一身华丽的装束如今只剩下一只拖鞋，另外一只丢失在王宫里了。

人们询问王宫门前的卫兵是不是看见有位公主跑了出来，他们说，他们只看见一个穿得很破旧的少女，看上去与其说是一个千金小姐，还不如说是一个村姑。

当她的两个姐姐从舞会上赶回来的时候，灰姑娘问她们是不是跟前一天晚上一样玩得开心，那位漂亮的公主是不是又去参加舞会了。她们回答说是的，但是午夜的钟声刚敲响，她就逃走了，慌忙之中丢下了一只水晶拖鞋，那是世界上最漂亮的鞋子。她们还说，国王的儿子捡到这只鞋子后，一直注视着它，直到舞会结束。他肯定非常爱小拖鞋的美丽的主人。

她们所说的一点不错，因为此后不久，国王的儿子大张旗鼓地宣布，他准备娶能穿进那只拖鞋的女子为妻。人们开始让公主们试脚，然后是公爵夫人以及宫中所有的人，但没有一个人合适。人们又把它带到两姐妹家里，让她们试穿，但她们都穿不进去。

灰姑娘看着她们，认出了那是她的拖鞋，便笑着说道：

"我多想看看它是不是合我的脚啊！"

她的两个姐姐捧腹大笑起来，开始取笑她。负责试鞋子的宫廷侍官凝视着灰姑娘，发现她非常美丽，便说应该这么做，他受命要让所有的女子一一试过。他让灰姑娘坐下，把那只鞋子往她的小脚上套，发现她轻而易举就把脚放进了拖鞋，就像蜡模一样。她的两个姐姐大为惊叹，当她们看见灰姑娘从口袋里掏出另一只拖鞋穿在脚上时，她们更是惊呆了。这时，教母走了过来，

用魔杖在灰姑娘的衣服上点了一下，她的衣服顷刻之间变得比前两次还要华丽。

这时，她的两个姐姐认出了她就是她们在舞会上见过的那个美人儿。她们"扑通"一声跪倒在她的脚下，请求她宽恕她们让她遭受过的那些不公正的待遇。灰姑娘把她们俩扶了起来，一边拥抱她们，一边对她们说，她真心原谅她们，也请她们永远爱她。

人们把灰姑娘带到王宫中，她打扮得那么漂亮，王子发现她比以往任何时候还要美丽。没过几天，王子便娶她为妻。既善良又美丽的灰姑娘把她的两个姐姐也带进了王宫，进宫的当天就把她们嫁给了宫里的两位大老爷。

（金龙格　译）

簇发里凯

　　从前有一个王后生下一个丑陋不堪的儿子，人们很长时间一直在怀疑这个王子是不是还有人的样子。王子出生时，在场的一位仙女肯定地说，他将来仍然会成为一个可爱的人，因为他不乏聪明才智。仙女还补充说，他会利用她刚刚赋予他的才能，使他最钟爱的女人也具有与他同样的智慧。可怜的王后生下这么一个丑陋不堪的小男孩后，感到十分伤心，仙女的那些话倒是给了她一些慰藉。

　　的确，这个孩子刚开始咿呀学语时，就能说出许许多多美妙的事情来。我不知道他怎么会说出那么幽默风趣、让人着迷的话来。我忘了说一件事：他出生时，头顶上长着一簇头发，所以人们都叫他簇发里凯，里凯是他那个家族的姓氏。

　　七八年以后，邻国的一个王后生了两个女儿。第一个出世的比阳光还要美丽，王后高兴极了，以致人们担心她会乐极生悲。那个替小簇发里凯接生的仙女也来了，为了给心花怒放的王后泼点凉水，仙女向王后宣布这位小公主将没有什么智力，虽然长得如花似玉，实际上却是个低能儿。这对王后来说无异于奇耻大辱，但没过多久，她生下的第二个女儿奇丑无比，这更让她伤心欲绝。

　　"你不要那么难过，夫人，"仙女对她说道，"你的女儿会从别的方面得到补偿的，她会成为一个才华横溢的女子，她的才气会使别人几乎注意不到她缺乏美貌。"

"上帝要这样，"王后回答道，"可是难道没有一点办法让那么美丽的大女儿多一点智慧吗？"

"夫人，在她的智慧方面我无能为力，"仙女说道，"但在美貌方面我无所不能。我没有办法让你满意，但我可以赋予她一样才能，即能把她喜欢的那个人变美。"

两个公主一天天长大，她们的长处也伴随着她们一起成长，到处都在谈论大公主的美貌和小公主的才能。的确，她们的缺陷也随着年龄的增长而更加明显。小公主眼看着越长越丑；大公主也一天比一天愚笨，要么一问三不知，要么尽说蠢话。她太笨手笨脚了，让她在壁炉边上摆四只瓷瓶总会有一只会被她打碎；让她喝一杯水，也总有一半要洒到自己的衣服上。尽管美貌对一位年轻女子来说至关重要，但与同伴们在一起时，妹妹的气势总会压倒做姐姐的。刚开始，大家都跑到貌若天仙的大公主那里去看她，欣赏她，但没过多久，大家都拥到才智超群的小公主那里去了，从她那里可以听到滔滔不绝的令人开心的事情。大家都很奇怪，还不到一刻钟，大公主身边一个人影都没有了，所有的人都站到小公主身边去了。大公主虽然很笨，但对这些事情还是心里有数的，即使让她把全部的美貌拿去换妹妹的一半才智，她也心甘情愿、无怨无悔。

王后虽然是个聪明人，但好几次也禁不住骂大女儿愚蠢，可怜的公主听了母亲的话后，痛不欲生。

有一天，她躲进树林里，嗟叹自己的不幸。她看见一个丑陋不堪、令人不快但穿着非常华丽的小个子男人向她走来。他就是年轻的簇发里凯王子。他看见她那幅到处流传的肖像后，便对她一见钟情。他离开父亲的王国，想亲自一睹芳容，跟她说说话。他真高兴能在她独自一人时与她邂逅，便走上前去与她交谈起来，对她毕恭毕敬、彬彬有礼。他对她说了一些惯常的客套话后，发现她特别忧伤，便接着对她说道：

"小姐，我不明白一个像你这样美丽的女子会这么忧伤。因为，尽管我可以夸口说我见过的美人千千万万，但我还从来没见过像你这么漂亮的。"

"随你怎么说吧，先生，我可不信。"公主这样回答道，没有再说别的。

"美貌，"簇发里凯又说道，"是一种强大的优势，可以替代一切东西，一个人拥有了美貌，我看不出能有什么东西让他很伤心的。"

"我宁可长得跟你一样丑陋，"公主说道，"宁可跟你一样拥有智慧的头脑，也不愿像我这样虽然拥有美貌，却又那么笨头笨脑。"

"没有任何东西能很明显地表明一个人有没有才智，除非他相信自己没有才智。智慧的本质是，人越有才智，越觉得才智缺乏。"

"这些我不知道，"公主又说道，"但我知道自己非常笨，我感到忧伤只因为我笨，它能把我杀死。"

"如果只是这个让你伤心，小姐，我很随便就能把你的痛苦解除。"

"你怎么解除呢？"公主问道。

"小姐，"簇发里凯说道，"我有能力让我最心爱的女人拥有与别人同样多的才智。小姐，你就是我最心爱的人，你想不想拥有与别人同样多的才智完全取决于你自己，我希望你能嫁给我。"

公主听了这些话后呆住了，她什么话也不说。

"我发现这个建议让你很为难，"簇发里凯说道，"我并不觉得奇怪，但我会给你整整一年时间作决定的。"

公主几乎没有智力，同时却又想成为一个聪明的人，所以她自以为这一年的年尾永远也不会来到，便接受了簇发里凯的建议。她刚答应一年后的这一天嫁给他，就感觉到自己与从前大不一样。她轻而易举就能把自己所喜欢的一切都说出来，表达方式巧妙、随意、自然。从这一刻起，她开始同簇发里凯进行文雅持久的对话，气势不凡。簇发里凯觉得馈赠她的才智超过了自己留下的那一部分。

当她返回王宫后，宫里所有的人都在想她怎么会有这么突然的、非凡的变化，因为人们越是听说她从前出言不逊，现在越想听她讲述一些明智的、风趣的话。整个宫廷里的人全都兴奋得无法用语言表述，只有她的妹妹心里有些不舒服，因为她在才智上已经没有优势了，在她的姐姐身边，她就像是一个非常令人讨厌的丑八怪。

国王对她言听计从，有时甚至大驾光临她的房间，让她拿主意。她的这一变化很快传到了邻国，所有年轻王子都千方百计地博取她的欢心，几乎个个向她求婚。但她没发现一个比较有才气的王子，她听他们说话，却没跟他们任何一个人说上一句话。然而，有一位王子非常强悍、富有、风趣、英俊，她禁不住动了心。她的父王发现后对她说，在婚姻大事上，她可以自己做主，她只须宣布出来就行了。但由于人越聪明，就越难在这件事上作出果断的决定，她便请那位王子给她一些时间考虑。

一个偶然的机会，她到从前与簇发里凯相逢的那片树林里去散步，要静下心来好好想一想她准备做的事。她一边散步，一边沉思，突然听见脚下传出一阵隐隐约约的声音，好像有许多人在那里走来走去，在那里活动。她侧耳细听，听见有人说话："把那只锅拿给我。"另一个人说："把那只大锅拿给我。"还有一个人说："在火里面加点木柴。"与此同时，大地裂开了，她看见脚下是一个挤满了厨师、帮厨和各种必要的侍从的大厨房，他们正在准备一桌丰盛的筵席。二三十名烤肉师从厨房里走了出来，神气活现地走在一条林间小道上，林子中间有一张特别大的桌子。所有的烤肉师手上拿着扦子，耳朵上插着狐狸尾巴，在一支悦耳的乐曲声中有节奏地工作着。

公主看到这番情景，非常吃惊，便询问他们正在为谁干活。

"夫人，"烤肉师中最出色的那一个说道，"我们正在为簇发里凯干活，他的婚礼定在明天举行。"

听了这些话，公主比刚才还要吃惊，突然她想起了一年前的这一天，她亲口答应过要嫁给簇发里凯的，她就像跌进了万丈深渊之中。她并不记得她在作出这一承诺之前自己只是个傻瓜，王子赋予她新的才智后，她忘记了自己从前的愚蠢。

她继续往前走，走了不到三十步，就见簇发里凯出现在她的面前，既勇敢又打扮得漂漂亮亮的，就像一个快要结婚的王子。

"小姐，"他说道，"你瞧，我不折不扣地履行了自己的诺言，我不怀疑你到这里来也是为了履行你的诺言，为了帮助我成为天底下最幸福的男人。"

"我坦白地向你承认，"公主回答道，"我现在尚未对此作出决定，我想我永远也不能像你所希望的那样作决定。"

"你让我感到吃惊，小姐。"簇发里凯对她说道。

"我想也是，"公主说道，"的确，如果我同一个粗人、一个愚蠢的男人打交道，我会更加拘束的。那种男人会说，一个公主一言既出，驷马难追，你应该嫁给我，因为你答应过我。可是，我面对的是世界上绝顶聪明的人，我可以肯定他会讲道理。你知道，当我还是个弱智女人时，我都不能下决心嫁给你。在你赋予我智慧、让我更难于作决定的时候，你怎么能让我今天就下定决心呢？如果你真的想娶我为妻，那你解除我的愚蠢，让我把以前朦朦胧胧的东西看得清清楚楚真是大错特错！"

"如果像你刚才所说的，"簇发里凯说道，"一个愚蠢的男人指责你失言你可以接受，你为什么不认为我在一件与自己的终身幸福相关的事情上也会这么做呢？有智慧的人跟愚笨的人相比，智慧竟然是一种不利的条件，这合理吗？你从前那么渴望拥有智慧，后来变聪明了，你敢说这种话吗？我们还是回到事实上来吧。我除了长得丑，我的身上还有别的什么令人不快吗？你不满意我的出身、才智、性情和生活方式吗？"

"一点也不，"公主回答道，"你刚才跟我说的那些我都喜欢。"

"如果是这样，"簇发里凯说道，"我会很幸福的，因为你能把我变成最可爱的男人。"

"这怎么可能？"公主问道。

"这是可能的，"簇发里凯说道，"如果你爱我爱到一定程度，并希望我成为最可爱的男人的话。小姐，为了不让你对此持怀疑态度，我告诉你，在我出生的那一天，赋予我能力把我所钟爱的女人变聪明的那位仙女，也给了你一样才能，那就是你能把你所爱的人变美。不知你愿意把这一恩惠施予谁？"

"如果事情是这样，"公主说道，"我真心希望你变成世界上最英俊、最可爱的王子，我让你跟我一样拥有美貌。"

公主刚说完这些话，就看见簇发里凯变成了世界上最英俊的男人，最完美的男人，最可爱的男人，这是她从未见过的。有些人认为这并不是仙女的魔力所起的作用，而是爱情的化身。他们说，公主考虑过她情人的执著、慎重以及他心灵和智力上的所有优秀品质，再也看不见他畸形的身体和丑陋的面孔，他的驼背在她看来只是一个拱背男子的美好神态；他跛得那么厉害，在她看来也只是一种让她迷恋的倾斜姿态。他们还说，他那双斜眼在她看来更加明亮了，不规则的眼睛在她的心中成为最强烈的爱情的印证；他的大红鼻子在她看来有某种军人气派和英雄色彩。

公主不顾一切答应马上嫁给他，只愿他能得到她父王的同意。国王知道女儿对簇发里凯十分敬佩，同时发现他是一个非常风趣、非常聪明的王子，便高高兴兴地认他做了女婿。

第二天就举行了婚礼，正如簇发里凯所预料的一样。

（金龙格　译）

小 拇 指

从前有一个伐木工和他的妻子，他们共生了七个孩子，全都是男孩。孩子中最大的只有十岁，最小的只有七岁。人们都奇怪，伐木工怎么会在那么短的时间内养了那么多的小孩子，其实那是他的妻子生得勤快，而且每次至少生两个出来。

他们非常贫穷，那七个孩子更使他们心事重重，因为他们当中尚没有一个能独立谋生。而更使夫妻俩愁眉不展的，是年龄最小的那个孩子太柔弱了，沉默寡言；他心地善良，他们却认为他是个傻瓜蛋。他太小了，出生的时候只有一根拇指那么大，所以大家都叫他小拇指。

这个可怜的孩子是全家的出气筒，不管出了什么事，大家都认为是他的错。然而，他却是七个兄弟之中最聪明最机灵的一个，尽管说话不多，却注意听别人讲话。

有一年，年成非常差，到处闹饥荒，穷人们决定把他们的孩子都丢掉。一天晚上，这些孩子睡觉了，伐木工和他的妻子坐在炉火边，丈夫沉痛地对妻子说道：

"你也很清楚，我们已经没有能力养活我们的孩子了，我不想看着他们在我的眼皮底下饿死，决定明天把他们抛在树林里，这样做很便利，当他们兴冲冲地捆柴时，我们悄悄溜走就行了。"

"啊！"伐木工的妻子喊道，"你忍心把你的孩子们都抛弃掉吗？"

她的丈夫怎么向她解释他们的贫困也无济于事，她怎么也不肯同意。她很贫穷，但她毕竟是他们的母亲。但她仔细一想，眼看着他们一个个饿死不是更痛苦吗？于是，她到底还是答应了丈夫，然后哭着上了床。

　　父母亲所说的话小拇指全都听见了。他躺在床上的时候，听见父母亲正在谈论什么事，便悄悄地下了床，溜到父亲的凳子下

面偷听他们说话。然后，他重新上了床，彻夜未眠，绞尽脑汁地想他该怎么办。第二天一大早，他就起了床，到河边捡了满满几口袋白色的小卵石，然后回到了家里。他们出发了，小拇指所听到的话他一个字也没向哥哥们吐露过。

他们进了一座茂密的森林，十步以外便谁也看不见谁。伐木工开始砍树，他的孩子们则在一边捡树枝、捆柴束。父母亲见他们忙着干活，就悄悄地离开他们，突然拐上一条蜿蜒曲折的小路逃走了。

当这些孩子们发觉只剩下他们自己时，就拼命地大哭大叫起来。小拇指任由他们去哭。他知道从哪条路回家，因为来的时候，他一边走，一边在路边放了许多事先装在口袋里的小卵石。他对哥哥们说道：

"哥哥们，你们不必担心。我们的父母亲把我们丢在这里了，但我会把你们带回家的，你们跟着我走就行了。"

他们跟在他后面，沿着来时的那条林中小路，回到了家。刚开始，他们不敢进去，但他们都贴在门边，偷听他们的父母亲说话。

伐木工和他的妻子回到家后，村里的一位老爷给他们送来了十块钱，这十块钱他拖欠了很长时间，他们都不指望他还了。这十块钱给了他们一线生机，因为他们快要饿死了。伐木工立即让妻子到肉铺里去买肉。他们很久没有尝过肉味了，所以她买了足够两个人吃三餐的肉。他们吃饱以后，伐木工的妻子说道：

"唉！我们那几个可怜的孩子现在在哪里呢？他们在家里时，一定会痛痛快快地把我们吃剩的东西全都吃光的。吉约姆，就是你要把他们遗弃掉的。我早就说过，我们会后悔的。他们现在在森林里干什么呢？唉！我的上帝呀，他们可能被野狼吃掉了！你就这样把你的孩子们遗弃掉，你真不是人！"

伐木工最后不耐烦了，因为她接连说了二十遍他们会后悔、她早就说过之类的话。他威胁她说，如果她再不住嘴，他就要揍她了。这并不是说伐木工不像他的妻子那样伤心，而是因为她唠唠叨叨，吵得他脑袋都要裂了，而且，他跟别的男人一样，爱听妻子说好话，却非常讨厌她们啰啰唆唆。伐木工的妻子眼泪汪汪地说道：

"唉！我的孩子们，我那些可怜的孩子们现在在哪里呀？"

有一回她喊得非常大声，贴在门边的孩子们听见后，便齐声高叫起来：

"我们在这里，我们在这里！"

她急忙跑过去给他们开门，一边拥抱他们，一边说道：

"我亲爱的孩子们，能再见到你们，我是多么高兴啊！你们一定很累、很饿了。皮埃罗，你呀，你又满脸是泥，过来我给你擦洗一下。"

皮埃罗是她的长子，她最疼爱这个孩子，因为他的头发跟她的一样，略带红棕色。

他们坐下来吃饭，吃得很香，父母亲见了非常高兴。他们对他们的父母说，他们走在大森林里时非常害怕。他们几乎是齐声说的。善良的父母亲看见孩子们又跟他们待在一起，心里很高兴，但那十块钱一用完，他们高兴的心情也没有了。钱用完后，他们又陷入了从前的那种忧愁之中，于是他们决定再次把孩子们遗弃。为了万无一失，夫妻俩决定把他们带到更远的地方去。他们商量这件事时，没有好好保密，所说的话又被小拇指听见了，他决定按老办法去做。但是，虽然他一大早就起床，准备去捡石头，但他没能成功，因为他发现家里的门被反锁上了。他不知道应该怎么做，当母亲给他们每人一片面包做午餐时，他想自己可以用面包代替石头，沿路放上面包屑就行了。于是，他把面包揣进了口袋。

他们的父母亲把他们带到一片更加茂密、更加阴暗的森林里，一到那里，父母亲就从一条偏僻的小路跑走了，把孩子们留在了大森林里。

小拇指并不怎么担心，因为他相信自己很容易通过沿途撒下的面包屑找到回家的路，但他惊奇地发现所有的面包屑都不见了：它们全被鸟吃光了。

孩子们非常悲伤，因为他们越走越找不到路，越走越进入到大森林里。

夜幕降临了，狂风怒号。他们害怕极了，似乎只听得见四面八方传来的狼嚎声，狼群向他们逼过来，要把他们吃掉。他们几乎不敢说话，不敢回头。一场倾盆大雨把他们淋得透湿，他们每走一步都要滑倒，跌进泥浆之中，爬起来时浑身是泥，不知道怎么办才好。

小拇指爬到一棵大树的顶端，看看能不能发现些什么情况。他环顾四周，看见一点像烛光一样微弱的亮光，但亮光在森林的另一边，在很远的地方。他从树上下来，脚一着地，却又什么也看不见了，很让他心烦。可是，当他和哥哥们朝有亮光的方向走了一阵后，走出了森林，又见到那亮光了。

他们终于到了那间亮着烛光的屋子，一路上受了许多惊吓，因为他们常常看不见那烛光，又总是跌进溪涧中去。他们走过去敲门。一位好心的妇人开了门，问他们想要什么。小拇指对她说，他们是穷苦的孩子，在大森林里迷了路，请她行行好让他们在她家里过一夜。这位妇人见他们全都长得那么好看，便哭着说道：

"唉！我可怜的孩子们，你们是从哪里来的呀？你们难道不知道这是一个吃小孩的妖魔的家吗？"

"唉！夫人，"小拇指一边回答，一边像他的哥哥们一样全身发抖，"我们怎么办呢？如果你不愿意收留我们，我们今晚肯定也要被森林里的狼群吃掉的。既然是这样，倒不如让你的丈夫把我们吃了。如果你向他求情，他也许还会可怜我们呢。"

食人妖魔的妻子心想她也许可以瞒着丈夫，把他们藏到第二天早上，便让他们进门，将他们带到一个暖烘烘的火炉边取暖，火上已经烤好了一整只用铁扦穿起来的山羊，那是食人妖魔的晚餐。

他们正在取暖的时候，听见有人在门上重重地敲了三四下：食人妖魔回来了。她立即把他们藏到床底下，然后才跑去开门。食人妖魔先问晚餐是不是准备好了，酒是不是斟满了，然后才坐下来吃饭。山羊身上还沾着血迹，但他觉得这样才好吃。他左闻右闻，说他闻到了生人的气味。

"你必定是闻到一头小牛的气味了，"他的妻子对他说道，"那是我刚才宰的。"

"我再对你说一遍，我闻到了生人的气味，"食人妖魔一边说，一边对他的妻子横看竖看，"这里一定有什么我不明白的东西。"

他边说边从桌子边站了起来，直奔床边。

"啊，"他说道，"可恶的女人，原来你想骗我！我不知道我为什么没把你吃掉，你真是个老畜生。这些猎物来得正是时候，正好用来款待我的三位朋友，他们最近这几天要来看我的。"

他把孩子们一个接一个从床底下拖出来。孩子们一齐跪下来求他饶命，但他们遇到的是所有的食人妖魔中最残忍的一个，眼看就要把他们吃了，他哪里还会可怜他们呢？他对他的妻子说，他要把他们切成美味可口的小肉片，要她做一些香喷喷的肉汁。

他去拿了一把大刀，走到这些可怜的孩子们身边，左手拿起一块长长的磨刀石，把大刀放在上面磨了起来。他已经抓了一个起来，他的妻子便对他说道：

"现在这种时候，你还想干什么呢？难道你明天早晨没有时间吗？"

"住嘴，"食人

妖魔说道，"明天他们还是要死的。"

"可你还有那么多剩肉吃，"他的妻子说道，"这里有一头牛、两只羊和半只猪。"

"你说的有道理，"食人妖魔说道，"给他们吃一顿好的，免得他们饿瘦了，然后带他们去睡觉。"

这位善良的妇人高兴极了，拿了许多好东西给他们吃，但他们吃不下去，因为他们的心中充满了恐惧。食人妖魔重新坐下来喝酒，一想到有这么好的东西款待他的朋友们，心里乐开了花。他比平常多喝了十二杯酒，喝得晕乎乎的，只好去睡觉。

食人妖魔有七个女儿，都还小。这些小妖怪个个脸色都很好，因为她们都像她们的父亲一样吃生肉。她们都长着灰色的圆眼睛、鹰嘴鼻、大嘴巴、尖利的参差不齐的獠牙。虽然她们还不怎么坏，但可以预见她们的将来了，因为她们已经开始咬小孩、吸他们的血了。她们早早就上床睡觉了，七个人全都挤在一张大床上，每人头上都戴了一只金冠。在同一个房间里，有一张同样大的床，食人妖魔的妻子把七个小兄弟安置在那里睡觉，然后她也上床睡到丈夫身边去了。

小拇指注意到食人妖魔的七个女儿头上都戴着金冠，他担心食人妖魔会后悔当晚没把他们杀死，便在半夜里起了床，脱下他自己和哥哥们的睡帽，轻轻地戴在食人妖魔七个女儿的头上，同时把她们的金冠摘下来，戴在他自己和哥哥们的头上。这样，食人妖魔就会把他们当成他的女儿们，而把她们当成他想杀掉的七兄弟。事情果然如他所料，食人妖魔半夜醒来后，后悔没在当晚就把他们杀死，却要留到第二天早上。一想到这些，他猛地跳下床，拿起了大刀。

"我要去看看我的那些小家伙们怎么样了，"他说道，"做事不要拖泥带水的。"

他蹑手蹑脚地走进女儿的房间，走到睡着七个小兄弟的那张床。他们全都呼呼大睡，只有小拇指是醒着的，当食人妖魔摸他和他的几位哥哥的脑袋时，他害怕极了。食人妖魔摸到了那些金冠，说道：

"确实，我差点干了一桩蠢事！我知道我昨晚喝得太多了。"

然后，他走到女儿们的床边，摸到了她们头上的小睡帽。

"啊！好家伙，他们都在这里。"他说道，"大胆地干吧！"

说完，他毫不迟疑地割断了他七个女儿的喉咙。他很高兴自己做事能速战速决，然后他又回到妻子身边睡觉去了。

小拇指一听见食人妖魔的鼾声，便弄醒了他的几个哥哥，叫他们赶紧穿好衣服跟他走。他们轻手轻脚地走到花园里，翻过了

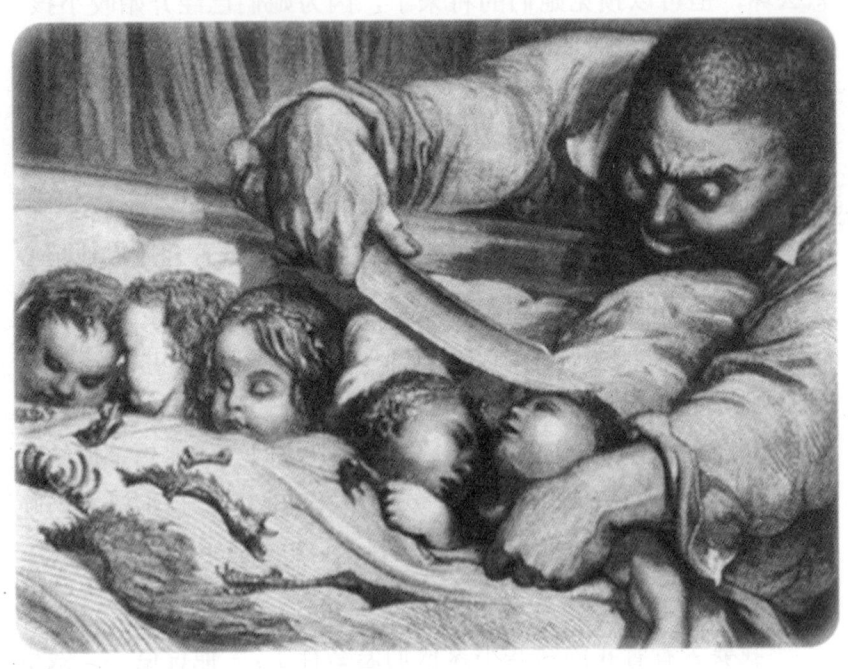

围墙。他们几乎一整夜都在奔跑，一直战战兢兢的，不知道到了哪里。

食人妖魔醒来后，对他的妻子说道：

"你快到楼上去给昨晚的那些小家伙们开膛破肚①。"

她误以为丈夫叫他上楼去给孩子们穿衣服，着实大吃一惊，没想到丈夫会善心大发。她上楼后，发现她的七个女儿全被杀了，躺在血泊之中。她一下子就晕了过去（这几乎是所有的女人在碰到这种事时的头一个反应）。

食人妖魔怕她的妻子在上面耽搁太久，便跑上楼去帮她一起干。当他看到这一幕可怖的情景时，他的惊恐决不亚于他的妻子。

"啊！我做什么事了？"他叫了起来，"那些小坏蛋，等会儿我要让他们付出代价的。"

他立即往妻子的鼻孔里灌了一壶水，让她醒了过来。

"快去把那双七里靴拿给我，"他对她说道，"我要出去把他们抓回来。"

他动身了，四面八方乱跑了一遍，最后上了那些可怜的孩子们走的那条路。他们离父亲的小屋只不过百步远了。他们看见食人妖魔从一座山跳到另一座山，过河就像别人过小溪一样容易。小拇指看见离他们不远的地方有个岩洞，便把他的哥哥们藏进了洞里，自己随后也躲了进去，时刻留意着食人妖魔的一举一动。

食人妖魔走了很长的冤枉路，已经筋疲力尽了（因为那双七里靴穿在脚上很累人），想歇一会儿。他恰巧坐在那七个小男孩藏身的岩洞上面。

---

① 法语中 habiller 既有"穿衣服"也有"开膛破肚"之意。

他太疲惫了，歇下没多久，就酣然入睡，打着可怕的呼噜，孩子们吓得魂飞魄散，就像前一天晚上他要拿刀杀他们的时候一样。小拇指没那么害怕，他叫他的哥哥们趁食人妖魔睡得正香时赶紧跑回家，不要管他。他们听从了他的建议，很快就回到了家里。

小拇指走到食人妖魔身边，轻轻脱下他的靴子，迅速地穿在自己的脚上。那双靴子非常大非常宽，但具有魔力，可以随脚的大小而变化，所以它们穿在小拇指的脚上也十分合适，就好像是为他定做的一样。

他穿上靴子，直奔食人妖魔的家，看见他的妻子正待在被杀的女儿们身边痛哭。

"你丈夫现在非常危险，"他对她说道，"因为他被一帮小偷抓住了。他们发誓，如果他不把所有的金银财宝都交出来，就把他杀了。当他们把刀架在他的脖子上时，他看见了我，求我到这里来把他的情况告诉你，要你把所有值钱的东西统统拿出来给我，否则他们就毫不留情地把他杀死。由于这件事十万火急，他便让我穿上他的七里靴赶了来，另外也让你相信我并不是个骗子。"

这个善良的妇人吓坏了，马上把所有值钱的东西都给了他，因为虽然这个食人妖魔爱吃小孩，但他毕竟是个好丈夫。于是，小拇指便带着食人妖魔的所有钱财回到了家里。全家人都高高兴兴地欢迎他回来。

有许多人不同意上述的这种说法。他们认为小拇指从来没有骗过食人妖魔的东西。他们说，实际上，小拇指是无意间拿了那双七里靴的，因为他要靠这双靴子才能赶上他的哥哥们。这些人肯定自己的消息可靠，而且他们还在伐木工家里吃过饭、喝过

酒。他们还胸有成竹地说，当小拇指穿上食人妖魔的那双七里靴后，便去了宫廷，因为王宫里的人正焦急不安，他们有一支部队在二百里外的地方打仗，他们想知道是不是打赢了。他们说，他跑去找到国王，对国王说如果想了解战情，他可以在天黑以前把消息带回来。国王说，如果他能办到，就给他一大笔赏金。小拇指当天傍晚就把消息带回来了，他跑了这一趟后就出了名，并得到了他自己想要的一切。他把国王的命令带给部队后，国王给了他一大笔赏钱。许多女士为了知道她们的情郎的消息，也慷慨地给了他想要的一切，他从中得到了最大的利益。有些做妻子的委托他给她们的丈夫送信，但给的钱很少，几乎干不了什么事，所以他不屑于把从她们那里赚来的钱也算进收入中去。

　　他当了一段时间的信使后，积蓄了一大笔钱，便回到家里。你怎么也想象不出家里人再见到他以后是何等的高兴。他让全家人都过上了富裕的生活。他为他的父亲和几个哥哥买了新设立的官职，把他们组织起来，建立了十分完美的属于自己的宫廷。

（金龙格　译）

驴　皮

从前有一位国王，他是那么伟大，那么受他的臣民的爱戴，那么受邻国和友邦的尊敬，以致人们可以说，他是所有的君王中最幸福的一个。他选了一位既美丽又贤德的公主为妻，这使他更加幸福。这对幸福的夫妻过着和谐美满的生活。他们生下一个女儿，这是他们纯洁婚姻的结晶。女儿妩媚动人，他们一点也不为没有生下更多的孩子而抱憾。

他的王宫也是一派豪华、典雅和富丽的景象。大臣们贤明能干，朝臣们品德高尚，恪尽职守；仆人们忠心耿耿，辛勤劳动；宽敞的马厩里养满了世界上最漂亮的骏马，马的身上披着华贵的马鞍。但是，最使来这里观赏这些漂亮马厩的外国人感到**惊奇的**是，在马厩最显眼的地方，有一头竖着又长又大的耳朵的能干的驴子。国王给它安排了一个特殊的、高贵的位置并不是忽发奇想，而是有充分理由的。造化赋予了这头稀有的牲畜一种卓越的本领，再加上它的品德，使它当之无愧可以享受这样的礼遇——它不仅不会把马厩里的垫草弄脏，反而能让它每天早上都铺满许许多多、各种各样好看的埃居和金路易①。驴子一醒，人们就可以去捡了。

然而，国王和别的圣贤一样，也要经历生活的沧桑。祸福相

---
① 埃居和金路易均为法国古货币名。

倚，老天爷突然让王后得了一场重病。尽管医生们医术高明、学识渊博，却也找不到任何有效的良方。王宫里的人都陷入悲痛之中。

国王既敏感又多情，他不相信婚姻是爱情的坟墓这句著名的格言，但他无法抑制内心的痛苦。他到全国各地的寺庙里去，虔诚地对神许下心愿，愿意把自己的生命献给他那么亲爱的妻子，但众神和仙女并没有保佑他们。

王后感到临终的时刻快到了，便对她那位泪水涟涟的丈夫说道：

"在我临死之前，我要你答应我一件事，如果你想再结婚的话……"

一听到这些话，国王就悲痛地喊了起来。他抓住妻子的双手，泪水落在她的手上。他向她保证，再婚的事不会被提起。

"不，不，"他最后说道，"我亲爱的王后，你还不如叫我陪你一起上路呢！"

"国家必须有继承人，"王后语气坚决的话语使国王更加悲伤，"我只为你生了一个女儿，而国家一定会敦促你拥有许多像你一样的儿子。看在你对我的一片真情上，我恳切地请求你再去找一位比我更加美丽、更加端庄的公主，这样你才不会辜负你的臣民们的美好心愿。我要你向我发誓，这样我死了也甘心。"

人们猜想，王后并不是没有自尊心的人，她要国王发誓，因为她相信世界上没有人比她更美，这样她就可以确保国王永远也不会再娶了。

王后终于死了。国王还从来没有这么悲痛过，他没日没夜地痛哭、哀号，什么事也不想干，这是一个死了妻子的人仅有的权利。

他的莫大的痛苦并没有持续多长时间。国家的大臣们聚集在一起，成群结队地跑来要求国王再娶。他们的提议对他来说是残酷的，让他老泪纵横。他对大臣们说，他曾对王后发过誓，不相信谋臣们能找到比他已故的妻子更美丽更端庄的公主，所以他想再娶也是不可能的事。

但大臣们并不把他的这一誓言当那么回事，他们声称，对一个王后来说，美貌并不重要，只要品德高尚、能生儿育女就行了；他们说，国家需要王子，以确保它的长治久安；他们还说，公主确实具备做一个伟大女王所要求的一切品质，但那样的话，又必须为她找一个外国人做夫婿，到那时候，那个外国人会把她带回自己的国家，或者和她一起执政，她生下的孩子就血统不

纯；他们最后还说，国王名下没有王子的话，邻国的人就会挑起战争，给国家带来灭顶之灾。

国王被这些利害关系震动了，他答应考虑满足他们的要求。果然，他开始在待嫁的公主之中挑选合适的意中人。每天都有人给他送来许多妩媚动人的画像，但没有一个能像已故的王后那么优雅，所以他怎么也下不了决心。

不幸的事发生了。他发现自己的女儿不仅长得美丽、端庄，而且她的才智和情趣也大大超过她已故的母后。她的青春光彩、美丽鲜亮、惹人喜爱的肌肤，燃起了国王心中熊熊的爱情烈火。他无法对她隐瞒了，于是对她说，他决定娶她为妻，因为只有娶她为妻才不违背他向王后立下的誓言。

年轻的公主品德完美、纯洁无瑕，她乍一听见这个可怕的提议就差点晕了过去。她双膝跪倒在父王的脚下，竭尽全力祈求他不要强迫她犯下这样的罪行。

国王的脑子里已经有了这个离奇的念头。为了让这位年轻的公主心安理得地听凭他的安排，他跑去征询一个老祭司的意见。这个老祭司虔诚不足，但野心勃勃。为了取得这位国王的信任，竟不惜牺牲公主的贞操和美德，巧妙地迎合国王的心意，甚至还说服国王娶自己的女儿为妻是善举。

国王受了这个无赖的奉承，拥抱了他。回到宫里时更打定了主意，命令公主随时准备服从他的旨意。

年轻的公主被莫大的痛苦激怒了，无计可施，只好去找她的教母丁香仙女。于是，她当天晚上就乘了一辆由一只熟悉地形的肥绵羊拉的两轮车，出发了。她幸运地找到了仙女。

仙女很喜欢公主，对她说自己已经知道了她要说的事情的前后经过，叫她丝毫也不必担心，只要切实地按照她的指示去做，就能避免任何伤害。

"我亲爱的孩子，"她对公主说道，"如果你嫁给你的父亲，那将会给你铸成大错。可是，你是可以避免去做这种事的，而且可以不提出反对。你回去对他说你有一个离奇的想法，要他给你做一件好像天空颜色的裙子。这样一来，无论他的爱有多深，权力有多大，他都无法成功。"

公主非常感谢教母。第二天早晨，她就遵照仙女的建议对她的父王说，如果她得不到一条天空颜色的裙子，谁也别想从她的嘴中得到任何承诺。

国王很高兴地看到公主给了他一线希望，便把远近闻名的裁缝都召集起来，缝制这条裙子。国王说，如果做不出来，他们所有的人都将被绞死。其实，他根本不必这样担心而使用如此过激的言辞。第二天，裁缝们就把一条国王梦寐以求的裙子送来了，展开一看，它比飘着金色云彩的蔚蓝色的天空还要漂亮。

公主心里难受极了，不知如何摆脱困境。国王逼她作出决定。她只好再去找教母想办法。教母很奇怪自己的计策竟没有成功，便叫公主回去，再向国王要一条如同月亮颜色的裙子。

国王对公主的任何要求都不能拒绝，就派人去找能工巧匠，要他们赶紧做一条如同月亮颜色的裙子。结果，从下达命令到把裙子做好送过来还不超过二十四小时。公主对这件漂亮裙子比对父王的关心还要喜欢。当她回到她的使女和奶妈身边时，又陷入极度的忧愁之中。

丁香仙女对什么事都了如指掌，跑来帮助愁眉不展的公主，对她说道：

"如果我没有弄错的话，我觉得你可以去要一件酷似太阳颜色的裙子。这样一来，我们或许最终可以使你的父王厌烦，因为还从来没有人能做出这样的裙子，至少能拖延他一些时间。"

公主同意了仙女的建议，向父王索要这种裙子。情真意切的国王毫不遗憾地摘下王冠上的所有钻石和红宝石，镶在这件辉煌的作品上，同时发布命令要不惜一切代价使这条裙子可以与太阳媲美。所以，当这条裙子刚拿出来展示在众人面前的时候，所有在场观看的人都被它的光芒刺得睁不开眼睛。从那时起，世界上就出现了墨镜。

公主看到这条裙子以后是什么样的表情啊！她从来也没见过如此华美，做工如此精致的衣服。她惊呆了，借口眼睛难受，躲进了自己的卧室。仙女正在那里等她，更加羞愧难当。事情糟糕透了，一看见太阳裙，她的脸都气红了。

"噢，我的女儿，"她对公主说道，"我们马上要对你父王的可耻爱情作一次严峻的考验。我相信，他一定会顽固地坚持这门婚姻的，并且以为婚期不远。但我想，我再教你向他提出一个要求，他听了一定会措手不及。他有一头为他提供全部花销、让他宠爱有加的驴子，你去向他要这头驴子的皮。去吧，不要忘记说你很喜欢这头驴子的皮。"

公主很高兴地发现自己又有办法逃避这场可恶的婚姻了。与此同时，她心想父亲永远也不会牺牲他那头驴子的，所以她找到父亲，对他说她想要这头漂亮的动物的皮。

尽管国王对她这种离奇的想法十分吃惊，可为了让她高兴，他还是答应了她的要求。可怜的驴子献出了生命，驴皮被殷勤地送给了公主。她看见再也没有任何办法逃避不幸，深感绝望。正在这时，教母跑来了。

"你在干什么呀，我的女儿？"她看见公主在撕扯自己的头发，损毁自己美丽的面庞，便说道，"你一生中最幸福的时刻来到了。穿上这张驴皮，逃出王宫，远走高飞吧！为了贞洁而牺牲一切，神灵会补偿你的。去吧，我会关照你，让你的服饰随你走遍天涯海角。不管你走到哪里，你装衣服和首饰的箱子都会跟随你的脚步在地底下移动。我把这根魔杖送给你，当你需要箱子的时候，只需用魔杖敲一下地面，箱子就会出现在你的面前。快点动身吧，不要耽搁了。"

公主千百次地拥抱她的教母，请她不要把她抛弃。然后，她在自己的脸上抹上烟灰，穿上那张难看的驴皮，人不知鬼不觉地

离开了这座富丽堂皇的王宫。

公主的失踪引起了一片混乱。国王正准备举行一场隆重的婚礼，公主的失踪使他陷入绝望之中，怎么安慰他也无济于事。他派出一百多名精骑兵和一千多号火枪手去寻找他的女儿。但那位仙女一直保护着她，遇上最机警的士兵，也能让她用隐身法躲过他们。

公主一直在赶路。她走啊，走啊，走了很远的路程，想找一个地方歇脚。但是，尽管一路上人们怜悯她，给她吃的，但看见她那么脏，没有人愿意要她。

最后，她终于来到了一座美丽的城市。城门旁边有一座农家院子，农妇正需要找一个干粗活的女仆帮她洗抹布、火鸡和猪食槽。农妇看见这个邋遢的流浪女，便让她进去。公主满心欢喜地答应了，她远道而来已经相当疲惫了。

她把公主安置在厨房的一个拐角里。她身上的那张驴皮把她弄得很脏很恶心，所以刚到农场的那几天，仆人们都跟她开一些粗俗的玩笑。渐渐地，大家就习惯了，由于她干活很细心，女主人对她很呵护。

她赶着羊群，必要的时候把它们关进围栏。她带火鸡去觅食时显得非常老练，就像她平常就是干这一行的一样。总而言之，什么事情一经过她那双美丽的手都会圆满成功。

有一天，公主坐在一个清澈的水井旁边。她经常在这里嗟叹自己凄凉的境遇。她忽然想在水井中照一照自己，看见自己穿着那张可怕的驴皮，一下子吓呆了。她为自己的打扮感到羞耻，赶忙用手清洗脸和手，洗完后，它们竟比象牙还要洁白，美丽的肌肤又恢复了自然的鲜润。她发现自己依然那么美丽，心里高兴极了，很想洗个澡，便跳进水里，清洗了一番。但返回农场时，她

还得穿上那张可怕的驴皮。幸运的是，第二天过节，她有足够的时间把服饰箱拿出来，开始梳妆打扮，在秀发上扑粉，穿上天蓝色的裙子。她的房间太小了，裙裾无法展开。美丽的公主有理智地对着镜子，自我欣赏着。此后，为了解除烦恼，逢上节假日或礼拜天，她就非常认真地轮换穿上这些漂亮的裙子。

她把鲜花和钻石插在她那美丽的秀发上，巧妙得令人赞叹。

她常常哀叹只有绵羊和火鸡为她的美貌作证。它们很喜欢她，即使是在她穿着那张可怕的驴皮的时候。农场里的人都管她叫驴皮。

又一天，又逢上过节，驴皮穿上了酷似太阳颜色的裙子。国王的儿子打猎归来，在农场里休息。农场归他们家所有。

这位王子年轻、英俊、身材高大，受到他的父王、母后的宠爱和臣民们的仰慕。农场里的人们为这位年轻的王子准备了野餐小吃，他欣然接受了邀请。吃完后，他在饲养场那些隐蔽的角落里转悠起来。

他逛了不少地方，最后拐进一条阴暗的小路。他看见小路的尽头有一扇关紧的门。他受好奇心的驱使，透过锁孔朝屋里窥视。当他看见美若天仙的公主身着华贵的服饰，神情高贵，谦逊得像个女神一样时，他是多么吃惊啊！此时此刻，他产生了一股感情冲动，如果不是这个迷人的女子令他肃然起敬，他没准会破门而入呢！

他好不容易才离开那条阴暗的小路，想去打听一下是谁住在这间小屋子里。人们告诉他，那里住的是一个干粗活的女仆，大家都叫她驴皮，因为她身上穿着一张驴皮。他们还说，她很脏，身上积满污垢，谁也不愿看她，谁也不愿跟她说话，只有主人见她可怜才收留了她，让她看绵羊和火鸡。

王子听到这样的解释，很不满意。他很清楚，这些粗人不会知道更多的情况，问他们也没有用。他回到父王的宫殿里，眼前仍然浮现出他透过锁孔看到的那位女神的美貌，心里的爱情更加炽热，难以言述。他后悔自己当时没有敲门，发誓下一次决不会坐失良机。

强烈的爱情使王子热血沸腾，他当晚即发起高烧来，不久就病入膏肓了。王后只有他这么个孩子。她见什么药都不起作用，心里充满了绝望。她向医生许诺，只要能治好王子的病，她愿意支付高额的报酬，可这只是枉费心机。医生们用尽了一切办法，却没有一点效果。

最后，他们猜测引起这场灾难的，是某种致命的忧郁症。他们把这种想法告诉王后。王后立即充满柔情地恳求儿子把他犯病的原因说出来。她对儿子说，如果他想要王冠，他的父王会毫无遗憾地退位，让他登基；如果他喜欢上了某位公主，即使国家正在与那位公主的父王交战，并有正义的理由谴责对方，他们也可以牺牲一切，以得到王子所爱的人。但她恳求他不要死，因为他们的命运也掌握在他的手上。

王后说着这些让人柔肠寸断的话，泪水簌簌而下，打湿了王子的面孔。

"母后，"王子终于用极度微弱的声音说道，"我还不至于那么没有良心，想夺走父亲的王冠。愿上天保佑他万寿无疆，愿他永远同意把我当做他最忠实最谦恭的好臣民！至于说您要送我公主，我还没想过要结婚呢。您知道，我向来都服从您的心愿，不管付出什么代价，我永远都会服从您的。"

"啊，我的儿子，"王后又说道，"只要能挽救你的生命，我们对什么都不会吝惜的。可是，我亲爱的儿子，你也要救救我和你父王的性命啊！你想要什么尽管告诉我，放心说吧，我什么都会给你的。"

"那好吧，母后，"他说道，"既然我非得把我的心里话告诉您，我服从您，不然我会犯下危害我亲爱的父母亲生命的罪行。是的，我的母亲，我想要驴皮给我做一块蛋糕，一做好马上就给我送来。"

王后听到这个古怪的名字后大吃一惊，忙问谁是驴皮。

"王后，"一个偶然见过这个女孩的仆人说道，"那是一个穿着黑色驴皮、比狼稍微干净一点的又脏又丑的女孩，她就住在您的农场里帮您看火鸡。"

"没关系，"王后说道，"我儿子打猎回来时可能吃过她做的糕点，这是病人的一种妄想症。总之，既然有驴皮这么个人，我就让她立即给王子做一块蛋糕来。"

人们马上跑到农场，叫来驴皮，吩咐她为王子做一块美味可口的蛋糕。

有些人胸有成竹地说，当王子透过锁孔看驴皮的时候，驴皮也看见了他。后来，她又从那扇小窗户看见了这个年轻、英俊、身材优美的王子，心里便有了想法。她每每忆起他，总会连连叹息。

无论如何，驴皮见过王子，或者听见许多人高度赞扬过王子，现在终于有机会让王子认识自己了，她感到心花怒放。她把自己关在小房间里，脱下肮脏难看的驴皮，把脸和手都清洗干净，梳理好金色的头发，穿上漂亮的银闪闪的胸衣和同样漂亮的裙子，开始做王子梦寐以求的蛋糕。她选用最精细的面粉和新鲜的鸡蛋黄油。做蛋糕时不知是有意还是别的什么原因，她手上的一枚戒指掉进了面团里，混在了一起。蛋糕烤熟后，她又穿上那张可怕的驴皮，把蛋糕交给那个侍从，并想从他那里打听王子的消息，但这个人不屑于跟她说话，拿了蛋糕就给王子送去了。

王子急切地从侍从手里接过蛋糕，贪婪地吃了起来。在场的医生不失时机地说这种狼吞虎咽不是好兆头。实际上，王子很可能会被其中一块蛋糕里的戒指哽死的，但他却巧妙地把戒指从嘴巴里吐了出来。他吃蛋糕的热情减弱了，目光凝视着这枚做工精细的戒指，它是那么小巧玲珑，王子断定只有世界上最漂亮的小手指才能戴上它。

他千百次地吻着这枚戒指，然后把它放在枕头底下，一旦发现没有人在旁边，他就会把它拿出来。他为不知道如何才能见到这枚戒指的主人而痛苦不堪。如果他提出要见那个应他的要求为他做蛋糕的驴皮，他不敢相信别人会同意让她进王宫，他也不敢

说出他从锁孔里看见过的情景，担心别人会笑话他，说他想入非非。所有这些思虑同时折磨着他，使他烧得更厉害。医生们已经不知所措，宣称王子得了相思病。王后和愁眉不展的国王一起赶到儿子的房间里。

"儿子啊，我亲爱的儿子，"国王伤心地喊道，"告诉我们你想要谁，我们发誓把她给你找来，哪怕她是最下贱的奴才。"

王后一边拥抱他，一边重复了一遍国王的誓言。王子被他的双亲的泪水和爱抚打动了。

"父亲、母亲，"他对他们说道，"我根本无意结一门使你们不快的婚姻，这个可以证明。"

他边说边从枕头底下取出那枚戒指：

"我要娶能戴这枚戒指的姑娘，不管她是谁。能有这么漂亮手指的，看样子不会是一个粗女人或农妇。"

国王和王后接过戒指，好奇地端详着。他们跟王子一样，断定这枚戒指的主人只会是名门淑女。于是，国王拥抱了他的儿子，恳求他把病养好，然后就出去了。他命令侍从到全城去擂鼓，笛子喇叭齐鸣；命令传令官四处吆喝，让所有的姑娘都到宫里去试戴戒指，谁能戴上它，即可嫁给王位继承人。

捷足先登的是公主们，接着是公爵夫人、侯爵夫人和男爵夫人，她们个个都想把手指弄细一点，但那是白费力气，没有一个人能把戒指戴上。年轻的女裁缝也来了，一个个花枝招展，只可惜手指太粗。王子身体好了一些，亲自为她们试戴。贴身女仆也来了，情况也好不到哪里去。王子下令把厨娘、小厨子和牧羊女全都叫了进来，她们的手指又红又短，戒指仅能套在指甲上。试过这枚戒指的人中，没有一个能把戒指戴上。

"你们叫几天前为我做蛋糕的驴皮来了吗？"王子问道。

每个人都笑了。他们说她没来，因为她太脏了。

"马上把她找来，"国王说道，"我并没有说过有什么人可以例外。"

仆人们笑嘻嘻地跑去找那个养火鸡的女孩。

公主听见鼓声和传令官的喊声，怀疑是她的戒指引起的。她爱王子，可由于真正的爱情让人惶恐，让人摈弃虚荣，因此她一直担心有某位女子手指跟她的一样纤细。当有人跑来敲她的门时，她简直欣喜若狂了。

自从她知道人们要寻找一个可以佩戴她那枚戒指的女子，真不知她的心中充满了什么样的希望，正是这种希望敦促她精心打扮起来，穿上漂亮的闪着银光的胸衣和镶着荷叶边银花边、点缀着绿宝石的裙子。她一听见有人敲门叫她去王子那里，便赶紧穿上驴皮，然后才把门打开。那些侍从嘲笑她，对她说国王叫她去，让她与他的儿子结婚，说完便哈哈大笑，把她带到王宫去了。王子对这个女孩的奇异装束感到惊奇，不敢相信这就是他曾经见过的那位衣着华丽的漂亮女子。王子以为自己犯下了大错，非常懊丧、难过。

"住在农场第三个饲养场里面那条阴暗小路尽头的人是你吗？"他问她。

"是的，老爷。"她回答道。

"把你的手伸出来给我看看。"他哆嗦着，长长地叹了一口气。

天哪！他们是何等的吃惊呀！从黑糊糊、脏兮兮的驴皮下面伸出一只白皙、粉嫩、灵巧的小手，世界上最小巧最美丽的手指轻而易举就把戒指戴了上去，十分合适。国王、王后以及王宫里的所有侍从、大臣个个惊得目瞪口呆。公主把身子轻轻一摇，驴

皮就掉下来了，一位迷人的美女出现在王子面前。身体依然虚弱的王子立即跪倒在地，把她紧紧地热烈地抱住。公主羞红了脸，不过没有人察觉到，因为国王和王后都走过来，用尽全身力气拥抱她，问她是否愿意嫁给他们的儿子。

公主对这位年轻英俊的王子的热烈爱抚和真挚爱情感到很难为情，最后，她对他们的盛情表示感谢。这时，天花板打开了，丁香仙女坐着丁香花枝做的马车下来了。她绘声绘色地讲述了公主的故事。国王与王后得知驴皮原来是一位高贵的公主，非常高兴，对她更加亲热。王子为公主的美德所感动，对她的爱也更加炽热。

王子急不可待地想同公主成亲，没花多长时间为这场庄严的婚礼做必要的准备。国王和王后十分疼爱他们的儿媳，总是把她搂在怀里，对她万般抚爱。公主说，如果得不到她父王的同意，她是不能嫁给王子的，所以她的父亲是第一个被邀请参加婚礼的，但人们并没有告诉他新娘是谁。丁香仙女作了周全的考虑，既要从情理上讲得过去，又要使婚礼圆满成功，所以她一定要国王参加婚礼。

各国的君王都大驾光临，有的坐轿子，有的乘坐马车，有的路途遥远便骑着大象、老虎和雄鹰赶来。但来宾之中最阔绰最强大的要算公主的父亲，他已经很幸福地忘记了那场乱伦的爱情，娶了一个非常漂亮的寡妇王后为妻，只是还没有生孩子。公主跑去迎接他，他也立即认出了公主。公主还来不及跪倒在他的面前，就被他深情地拥抱在怀里。国王和王后把他们的儿子介绍给他，他对女婿也非常友好。婚礼盛况空前。这对年轻的夫妻对婚礼豪华的排场并不在意，他们一直在互相凝视着。

王子的父亲当天就为儿子举行了加冕典礼，他吻了吻王子的手，让他登上王位。虽然这个有教养的儿子再三推脱，但是父命难违。为这场盛大的婚礼举行的庆祝活动持续了将近三个月，但这对相亲相爱的伴侣的爱情将永远持续下去，如果一百年后他们依然活在人间的话。

(金龙格　译)